少年工科学校物語

武山・やすらぎの池の絆

桂儀一光

津軽書房

少年工科学校物語
武山・やすらぎの池の絆

目次

少年工科学校物語

武山・やすらぎの池の絆

プロローグ

昭和五十三年六月三十日、関東地方は太平洋高気圧に覆われて日中の気温が上がり、真夏日を記録していた。

そんな晴天の下、神奈川県の三浦半島にある武山駐屯地の、少年工科学校内に造られた小公園では、十数名の若者が白い半袖シャツに汗をかきながら、草を刈ったり庭木を剪定したり、通路にはみだした草を削ったり抜いたりしていた。公園の中央にある大きな石碑を濡れた布で拭いている者もいる。

どの若者も訓練で鍛えられた引き締まった身体、日焼けした黒い顔。時々会話するたびに白い歯を見せる。緑泥片岩の石碑には中央に大きく〈少年自衛官顕彰之碑〉と、その左横下に「国務大臣・防衛庁長官・増田甲子七書」と文字が刻まれている。

巨大なその石碑は十年前の七月二日午後、戦闘訓練中、区隊長の俺に続けの指示の下、当時そこにあった大きな池に入って殉職した少年工科学校十二期生徒十三人の、純真かつ真摯な姿と敢闘精神を顕彰するものだ。

「よーし、きれいになった。これで終わろう」

「そうするか、道具を片付けよう」

二時間ほどの作業で周辺がきれいに整備され、誰とはなしに作業の終わりを告げた。

この種作業は毎年この時期に、彼らが三等陸曹(通称三曹と呼称)に任官して部隊に配置されてから後、同期生のまとめ役・稲森の呼びかけに応じて有志が集い、石碑の周りの整備・清掃をして、翌日の顕彰行事に備えるのが恒例になっている。

彼らは学校から借りた道具を返すと、小公園内の藤棚の下に集まった。そこにはテーブルと各人が座る数の椅子が並べられてある。これから若者たちが、作業終いのご苦労さん会を行なおうとしているのだ。

テーブルの上にはお茶やジュースの飲み物と幾種類かの菓子袋があり、食べやすく切られた三浦半島特産の大きなスイカが、プレートの上に何箇所かに分けて置かれている。スイカは少年工科学校長から、若者の労をねぎらう心配りだった。

彼らは亡くなった十三人と同期の十二期生で、音頭をとっている稲森が明日の顕彰行事に備えるため、声をかけて集まった東京、神奈川、千葉、埼玉など関東内の部隊に勤務している者たちだ。すでに幹部の二等陸尉や三等陸尉(通称二尉、三尉)になっている者もいれば、二等陸曹(通称二曹)の者もいる。途中で辞めて警察官や民間会社に勤めている会社員の者も、呼応して三人駆けつけていた。

辞めて民間人になっていても、階級が異なっても、同じ釜の飯を食った同期生としての彼らには、このような集まりでは、おい、おまえと、生徒時代と変わらぬ言葉を使う。

「早いもんだ、彼らが亡くなって十年経ったのだからな」

「亀山も高見もいいやつだったよな」

「俺は藤内とよく米軍キャンプに遊びに行ってボーリングをしたんだ」

亡くなった十三人の思い出話で次々と花を咲かせた。

「田山区隊長はどうしているかな」

「そんな田山区隊長なんか、どうでもいいだろう。俺は絶対にあの人を許すことができん！」

話が事故のときの訓練指揮官だった区隊長の田山勇一に移った。

「いい人だったのに、何故あんなことをしたのかな。戦闘服装で銃を持たせて泳がせるなんて、気が狂ってるぞ」

「いや、田山区隊長はそんな人じゃない。あの人なりに俺たちにきっと何かを教えようとしたんだ」

「何言ってるんだ！　十三人はあの世で悔しい思いをしていると思わないのか」

あのとき一度池に沈み、意識をなくした数名の蘇生者の一人が厳しい口調で言った。九死に一生を得た者の正直な気持だろう。

訓練指揮官の田山勇一の評価が二分され、喧々諤々の論争になろうとしている。

「まあまあ、お互い熱くなるな。明日の顕彰行事が順調に行なわれるのが今日の作業の目的だから、その話はもうやめよう」

俺たちが仲違いしてもしようがない。どうだ一人ずつ自分の近況報告でもしようじゃないか。まとめ役の稲森が話を切り替えた。他の同僚たちも、そうだったと気づいたようにうなずいた。

みんなの話題は近況報告となり、和気藹藹の雰囲気に戻った。

希望に燃えてはつらつと　高鳴る血潮胸に秘め　ここ武山に集い来て

心と技を鍛えつつ　いざ諸共に励まなむ　我等は少年自衛隊

彼らが何らかの会で集まったときの最後は、この校歌をみんなで肩を組んで歌う。

それにしても、あの温厚で生徒の面倒見のいい区隊長が、何であんなことをしたのだろう。いつも同期生の集まりになると、田山区隊長の評価で揉める。

（何故だろう？）

あるときふと気になった稲森は、同期生たちの田山区隊長に対する見方の大きな違いで、お互いに譲り合うことのない激論が、繰り返される嫌な思いを打開する方法がないかと本気になって考えた。

それには田山勇一という人をもっと知らなくては、彼を絶対に受け入れようとしない同期生たちを説得することができないと思い立った。

（区隊長はどんな環境で育ったのだろうか？）

生い立ちを知り、少工校の区隊長になった経緯などが解れば、あの事故を解き明かして、少しでも彼らの理解を得られるのではないか。

（十二期生の心がひとつになれば、こんな嬉しいことはない）

稲森の探求心が動き始めた。

（田山区隊長は香川大学出身で、確か自衛隊に入る前は中学校の英語教諭をしていたと言ってたなあ……）

稲森は田山の大学卒業時を想像する……。

田山勇一の生い立ち

白雲の紫雲の山辺究め行く　真理と理想　朝な夕なに集い語らう
ああ我等香川大学　たゆみなく励み正して　未知の行く手を開き照らさむ

時は遡って昭和三十一年三月十日、四国高松市の香川大学体育館では、県知事や高松市長などの名士、そして父兄・教授たちが見守る中、ピアノの伴奏に合わせて、学生全員で歌う学生歌が館内に響き渡っていた。

校内の道路に沿って植えられている桜は五分咲きほどになり、卒業生の前途を祝うかのように、青空の中を風に吹かれて揺れ動いている。

卒業生の中で、ひときわ大きな声を張り上げているのが田山勇一だ。がっしりした体格は柔道で鍛えたもので、眉毛の濃い精悍な顔つきと、色白の膚に青い髭の剃り跡は、離れている場所からでもひときわ目を引く。

「田山、卒業おめでとう。無事、教職員に採用されてよかったな、しっかりやれよ」

式が終わって解散になり、四年間、世話になった恩師の人たちにお礼の挨拶に行くと、講師の山崎が勇一に声をかけた。

「ありがとうございました。私のようながさつ者が、中学生たちを教えられるか解りませんが頑張ります」

勇一は山崎が握った手を、強く握り返して応えた。

「おまえの熱意と体力があれば、何も心配することはない。今や学校は新しい民主主義の教育が必要なのだ」

教師としての活躍を期待しているのだろう、山崎は声に力を込めた。


半年前、勇一は父親の甚十郎と派手な言い争いをした。

甚十郎はてっきり、大学卒業後は陸上自衛隊の少尉候補生の試験を受けるものと思っていたのに、勇一が中学校の教師になると言い出したからだった。

「わしが大学に行かせたのは、是非にも将校になって欲しいからで、何でおまえが夢中になって、赤旗を振り回すような教師にならにゃいかんのだ」

勇一から中学教師になると告げられると、真っ赤な顔をして怒った。

甚十郎は昭和三年、二十歳になると志願して帝国陸軍に入隊した。以来、戦争が終わるまでの十七年間、ずっと軍隊に勤務した叩き上げの軍人だった。

新兵教育が終わると、善通寺の第十一師団第十二歩兵連隊に配属された。(初代の十一師団長は日露戦争で有名な乃木希典大将で、四国人の誇りだ)

昭和十三年から十九年には、関東軍の隷下部隊として満州に渡って従軍した。

この間の戦闘で同年兵の多くは戦死したが、もともと字書きが上手で、よく気がつく性格から、下士官になると中隊や連隊本部の勤務が多く、敵弾飛び交う第一線での戦闘が少なくなった。終戦に近いころは、下士官では最上位の曹長になって、師団司令部で勤務していた。

終戦の前年に、十一師団が本土決戦に備えて四国防衛の任務を命ぜられたため帰国し、そのまま終戦を迎えたので、かろうじて生き残ったといえる。

一兵卒から下士官として長年過ごしてきた甚十郎にとって、将校の階級章や服装は憧れのもので、ずっと心の中で夢見ていた。だから昭和二十九年七月に保安隊が自衛隊に変わったとき、勇一に是非とも将校になってもらいたいと思っていたのだ。甚十郎には軍隊の復活と映ったのだった。

二、三歳の物心がついた頃から、母親のヨシに甚十郎の軍服姿の写真を見せられて育った勇一は、軍隊が自ずと憧れの職業になっていた。たまに休暇で帰ってくると、父の大きな軍服を着て、僕も大きくなったら兵隊さんになるんだ、とみんなを笑わせていた。そして遊び友達に、軍服姿の父親を自慢するのが常だった。

しかし終戦になると、世の中が一変した。勇一が旧制中学(翌年新制中学に移行)に入ると、革新的思想の先生たちから日本軍は無駄な戦争をして国を潰した、軍国主義はよくないと、旧軍を批判する話を頻繁に聞かされた。自ずと勇一は、これまで同級生たちに自慢していた父親の話ができなくなっていった。

社会科の授業では、労働者を騙して働かせ、資本家が搾取する資本主義社会はよくない、これからは資本家と労働者が平等に利益を分かち合う社会主義や共産主義社会に進むべきだ、というような話が多くなった。

(だったら社会主義などがいいのかな)

先生の話を聞いて勇一の周りの生徒たちは、そう感じるようになっていく。

疑問に思って甚十郎に尋ねると違った。

「共産主義なんてとんでもねえ、ソ連の奴らをみろ、日本と不可侵条約を結んでいながら、日本軍がめちゃくちゃアメリカにやられて、戦う力が無いと解ると、一方的に条約を破棄して満州に侵攻し、散々に打ち負かしてしまった。挙句の果ては捕虜として、たくさんの日本兵をシベリアに連れて行き、鉄道建設工事にこき使ったのだ。飢えと寒さと重労働で多くの兵隊が死んだ。俺の知っている者もたくさん死んでいる。北方領土も、勝手に侵入して居座っているありさまだ」

あいつらは日本が戦争に負けて無条件降伏したのをいい機会ととらえ、軍国主義を全面的に否定して、共産主義や社会主義国家をつくろうとしているのだ。アメリカが日本を骨抜きにしようとして作った憲法や教育基本法が施行されると、社会主義や共産主義の思想教育が台頭し、教師たちは組合を作って組織化し、子供たちを人質にして団体交渉権を振り回すなんぞとんでもねえことだ。帝国陸海軍が総て悪かったわけではないだろう、いいこともしたし、立派な人もたくさんいる、と甚十郎の自論を述べる。

（日本は何だか、危ない世の中になりそうだな）

甚十郎は今の不安定な社会を思うと、戦前のしくみの方が安心ではと思った。

子供の頃から、軍隊の生活や体験談を勇一に聴かせていた。二十五で伍長になって以降、本部勤務が多くなり、第一線の戦闘場面や苦境の状況など詳しくは解らなかったが、司令部内での上官たちの話を聞けたので、ある意味、全体の動きや客観的な判断を得られていたのは確かだったろう。

しかし、昭和十八年十一月末にアメリカのＢ29爆撃機が東京を空襲したらしいという話を聞いたときから、もしかしたら戦争に負けるかもしれないと思い始めた。

翌十九年早々、十一師団が五十五軍の指揮下に入り、本土決戦に備えるため、郷里四国防衛の任務が下りたときは、日本で死ねるという喜びを感じたが、異国で亡くなった多くの戦友を思うと、態度に表すわけにはいかなかった。日本に帰ってきて、進歩のない旧態依然の装備や弾薬量の少なさ、古い建物や人々の生活の状況を知ったときは、まさに国が追い詰められて、死に物狂いに戦っている感が否めなかった。

全国の主要な都市に空襲が行なわれるようになると、軍人よりも多くの国民が犠牲になっていった。何のために戦争を続けているのか疑問に思ったが、上官からこれ以外に日本の生きる道がないのだと教えられ、鵜呑みにしていた。

終戦になる一月前には、高松市街地も空襲を受けた。妻子は親戚の田舎に疎開していたので難を逃れたが、天神町にあった住宅は焼失した。

戦争が終わって高松に戻ってくると、街は焼け野原になっており、戦争の悲惨さをつくづく感じさせられた。戦前戦中にもてはやされ誇らしげにしていた軍人たちは、無惨な国にしてしまった張本人の汚名を着せられ、少尉以上の将校すべてが公職追放令により、一層、肩身の狭い思いをしなければならなくなった。

甚十郎は将校ではなかったが、同じ思いで終戦後を過ごしていた。長い軍隊生活を務めたお陰でいくらかの蓄えがあり、それを元手に市内兵庫町の一角に土地を買って八百屋と雑貨の商売をはじめた。戸惑いながらの商売だったが、朝から夜遅くまで妻・ヨシと二人で一生懸命働いて、何とか三人の子供を飢えさせずに育てた。子供は勇一の下に八つ離れた妹と、十三下の生まれたばかりの妹がいた。

中学に通っている勇一は、ヨシから時々仕事の手伝いをさせられたが、甚十郎はしっかり勉強して将来、人の上に立って社会のためになる仕事をしてもらいたいと思っていたので、手伝いを強いることはなかった。

昭和二十四年、勇一が高校一年のとき高松市に新制の香川大学(それまであった高松高等商業高校、香川師範学校、香川青年師範学校を統合)が創設されると、何としても大学に行かせたいと思った。

昭和二十五年六月二十五日、朝鮮戦争が勃発して八月に警察予備隊ができると、甚十郎は日本に再び軍隊をつくるようになると確信し、勇一には大学を卒業したら軍隊に入り、将校になって活躍してもらいたいという思いを強く持ったのだった。

昭和二十七年、勇一が香川大学経済学部に入学したときは、甚十郎は自分のことのように喜んだ。二十歳で二等兵として軍隊に入った経験から、内務班での新兵の厳しさや苦しみを勇一にさせたくないと思っていたからだ。

(これで勇一は将校として軍隊に行ける。国を守るためには軍隊は必要だ)

十七年もの間、一兵卒から下士官として過ごした甚十郎は、たとえ戦争に負けたからといっても、いまだに軍人絶対論者だった。

戦後の米軍による占領政治は、日本の軍国主義の払拭をねらって、徹底的な民主化を推進し、新憲法の制定、農地改革、婦人解放、労働運動奨励、財閥解体、教育民主化などの民主化政策を強力に推し進めていた。

勇一が中学に入って一年後には、教育基本法、学校教育法（六・三・三制）が公布され、組合の結成が認められると、日本教職員組合（通称日教組）に入っている教師たちの言動は顕著で、赤裸々に学生の前で、資本主義や旧日本軍部の悪口を言った。

大学生になっても革新的な考えの教授たちの話はもちろん、学生の間でも社会主義思想を擁護する雰囲気が醸し出されていた。

自ずと勇一は学生たちとの会話で、自慢に思っていた父親が軍人だったことや、兵隊に憧れていたことなど口に出せなくなっていた。

大学四年になって就職先を講師に相談するときには、子供のころから持っていた兵隊さん（自衛官）になりたいという思いは、陰を潜めるようになった。

それでも一応山崎に、自衛隊の試験を受けてみたいと持ち出した。

「平和国家に生まれ変わろうとしている日本に、軍隊なんか要らないんだよ。憲法にも謳っているだろう、永久に戦争を放棄すると」

山崎は真っ赤な顔をして、勇一をしっかり見ている。興奮しているのが解った。

「それなのに政府は朝鮮戦争を機に、警察予備隊などといって軍隊をつくり、自衛隊と呼称を変えて、旧日本軍が犯した失敗を繰り返そうとしているのだ。田山がそんな危ないところに行くのは断固反対だな、日本は変わらなくてはならないのだ」

「戦後、国民の選んだ政府が、必要だと思って自衛隊をつくったのではないですか」

勇一は父・甚十郎から聞いていたように、国を守るには軍隊が必要ではと、多少父親の考えを受け入れていた。

「まだまだ日本には知識の浅い人が多いのだ。そんな人たちが騙されて選挙で投票をしてしまうのだ。それを無くすために、しっかりした教育が必要なのだ。田山、教育者になれ、教師となって将来を担う子供たちを立派に教育して、日本の進む道を間違わないようにするのだ。私はそう思って教師の道を選んだのだ」

俺たちと一緒に、子供を立派に教育しようではないか、と山崎は言った。

共産主義国家の北朝鮮が、中国の支援を得て統一の名目の下、韓国を赤化しようと侵略し、これを阻止しようとアメリカが朝鮮半島に軍を送り込んで、韓国を援護した戦争は、まさに共産主義国家と資本主義国家の、権益争いではないだろうか。

在日米軍司令官のマッカーサーは、あまりにも日本を骨抜きにしようとした政策に危機を抱いて、これを看過すれば、いずれソ連や中国が日本を赤化しようと侵略してくるのはあきらかと日本政府に働きかけ、それを恐れて自衛隊を作ったという。

野党の社会党は憲法違反だと騒ぎ、政権自由党は軍隊ではないから憲法違反ではないと主張する。自由だ、平等だ、民主主義だという言葉が飛び交い、活字があちこちで目に付き、憲法が認めている労働者の当然の権利だといって、会社や工場では賃金闘争と称してストライキが行なわれている。

戦争に負けた後の社会全般が、不安になっているのは確かだと勇一は思った。

「ロ助やチャンコロは世界を赤化しようとしているのだ。日本を守るには軍隊がいるのだ。ソ連や中国が攻めてきたら、誰が日本を守るのだ。アメリカだって日本人が守る意欲を示さなければ手伝ってはくれないだろう」

新聞やラジオを見聞きするたびに、怒ったように言う甚十郎だった。

勇一は山崎と何度も、資本主義や社会主義・共産主義、そして日本に軍隊が必要か否か、自由や民主主義などについて問答を繰り返した。

(そうか、父さんも知識の浅い一人かも知れない。小さい時から父さんの言動を見聞きして育ったので、父の言うことは絶対と信じていた。だが先生が言う内容は、まさに今の日本の問題をついている、教師になって子供たちを立派に育てよう)

問答はとても山崎の足元に及ばず、山崎の言っていることが正論のように感じるようになった。甚十郎がこれまで自分に言ってきたことは、間違っていたのではと思うように変わった。

勇一は中学教師になることを決め、試験を受けて英語教師として採用された。

（そんなふうに育てたつもりはないのだが、勇一も大人だしこれ以上言うまい……）

甚十郎の受けた心の傷は大きかった。

教師の道

昭和三十一年四月、教師になった勇一は三カ月間、香川県教育委員会が統一して行なう、新人教師の泊り込みの教育研修を受けた。研修で印象に残ったのは、新憲法の理念と解釈で、もう一つは教育基本法の項目ごとの細かい説明だった。夕食後にはいくつかのグループに分けられて、示された課題に対して徹底した討議をし、その都度、担任の教職員に指導を受ける形で行なわれた。課題の内容が、学生時代に大学で山崎と問答した内容に似ているのに驚いた。初めのうちは社会主義思想を否定していた者も、納得したのか、教師も一労働者としての権利を主張して、必要であればストライキなどの行動を実行すべきだと言いだした。

（何かが違うような気がする……）

勇一はこの流れを疑問に感じ、果たして自分はこれでいいのか、という自問自答を繰り返していたが、そのうち整理できるだろうと、このまま進むことにした。

研修が終わると、七月から配置予定先の観音寺市立中学校に赴き、現場で教師としての実習をするようになった。問題がなければ一月後には、そのまま観音寺中学校で生徒を受け持つことになる。

観音寺市は高松から六十キロほど西にあり、実家からの通勤はとても無理で、市内に下宿を借りて通うことにした。

「田山勇一と申します、よろしくお願いします」

校長が学校職員に紹介すると、みんなに向かって丁寧に頭を下げ、簡単な自己紹介をした。校長は勇一にしっかり頑張ってくださいと言うと、これから一カ月、直接実習の指導を受ける先輩教師の横川を紹介した。

横川のあとについて、学校内の建物や設備などを見て回り、いろいろと説明を受けた。時には教室に入って、授業の状況を十分ほど見せてもらった。生徒と先生の真剣な授業態度を見ると、自分もこのように教えられるだろうかと少し不安に思った。

「最初は誰でも緊張してうまくできないのが普通ですよ。一年もすれば要領を覚えますし、覚えてしまえば毎年同じことの繰り返しですから、こんな楽しい仕事はありませんよ」

一通り学校内を回って説明を受けた後、二人で昼の弁当を食べるとき、横川はきさくに言ったが、眼鏡の奥にある目が尖っていて神経質そうな感じを受けた。

「この街には、古い考えの親たちが多く、いまだに旧日本軍が起こした太平洋戦争を、褒め称えるような発言をする父兄がいるのです。困ったものですよ」

雑談を交えて学校周辺の環境などの話を聞いているうちに、横川は思い出したように生徒の父兄の特徴を、ため息交じりに話し出した。

戦争に負けて復員した将校だった人が、観音寺市に数人いるという。ほとんどが生徒の祖父で直接の保護者ではないが、父兄が感化されて同じような発言をするらしい。

復員した当時の人たちは肩身が狭く、しばらくはおとなしくしていたようだが、新憲法が施行され、労働者の当然の権利である組合が結成され、要求を通すためのストライキや、戦争反対などの革新的な動きが活発になると、彼らも自分たちの思いを口にするようになった。

特に烏山元海軍少佐だったという人物は、赤裸々につっかかってくるから気をつけたがいいよと強調した。

勇一は甚十郎をふと思い出したが、海軍士官では格が違うと打ち消した。

先週の金曜日、烏山は職員会議中に学校に来て、生徒に勉強を教えないで何をしているのかと怒鳴り込んできた。高松市で行なわれる県教職員組合の会議に参加のため、午後から休みになったのが納得できず、文句を言ってきたらしい。学校では半分以上の先生が組合員になって不在になるため、当然休校せざるを得ないのだという。もちろん横川は組合に入って当校職員のまとめ役をしており、君も入るべきだと言った。

昨年の春に行なわれた市会議員選挙の立会演説会で、烏山たち元軍人が、革新系の議員候補者に対し、注文をつけて口論になったのを思い出し、その時の内容を勇一に話し始めた。

烏山たちは、我々国民に対して申し訳ないという気持はさらになく、それどころか、真珠湾攻撃の際、もう一度ハワイを攻撃しておれば戦局は変わっていたのにとか、ミッドウェー海戦では、戦闘機の装備を爆弾か魚雷のどちらかに決めて離陸させておれば、五分五分の戦いができたのに、躊躇して換装したばかりに、戦わずして主力艦船を失ってしまったなど、過去を反省するのではなく、次に戦えばあんな負け方はしないと、まったく馬鹿げた考えを押し通しているという。

新しい憲法について話し合いをしようとしても、一方的に自分の主張ばかりして、我々の意見を聞く耳を持っておらず、相手にしないようにしているのだと言った。

無茶な戦争をして、何百万人もの国民を死なせて負けたにもかかわらず、まだ昔に戻ろうとする気風が、日本全国にあるのは実に残念だ。我々は教師として教え子を再び戦場に送ってはならない。若者に銃を持たせてはならないことに、全力を注ぐべきですと、勇一に強調した。

思えば父・甚十郎も自ら志願して陸軍に入り、終戦まで軍人として過ごしてきた。その父も革新を主張する社会党や共産党を嫌って、いつも愚痴をこぼしている。

大学で講師の山崎と問答の末、教師の道を選んだが、勇一の胸のうちは、いまひとつはっきりしない気分がくすぶっていた。

ある日、見習いとして横川の授業を参観しているときだった。

「幸吉、ちゃんと予習をしたのか、またさぼったな。前に出て立っておれ」

横川は語気を荒げて、幸吉という生徒に言った。幸吉はふてくされたような態度で前に出て行くと、生徒の方を向いて立った。

「次、石原、今のところをもう一度読んで訳してみろ」

「我々は……、私たちは……、解りません」

言い方が可笑しいのか、どっと生徒の間で笑いが起こった。

指名された石原という生徒も英文を訳せずに、幸吉と同じように前に立たされてしまった。二人の生徒が前に立たされるのは、いつものことだった。二人は英訳ができないのではなく、意図的に解答をしないのだが、横川には解っていない。

二人の父親は、自衛官と警察官だった。革新的な思想を擁護する横川の立場からみると、二つの職業はとても受け入れられない。だから生徒の前で、自衛隊は戦争放棄を条文に謳っている憲法に違反するもので、警察官は権力を振り回している自由・民主党の保守合同政府の手先となって、憲法で認められている労働者のストライキを阻止するなど、日本が民主主義国家になろうとするのを妨げていると説明した。

本当の民主主義とは、国民の誰もが自由に発言し行動できることだと、ことあるごとに父親の職業について悪口を言うので、二人とも横川の授業を受けたくないというのが本音だった。

「労働者の人たちが団結して経営者に対し、給料を上げて欲しいとか、働く時間を守ってもらいたいなど、処遇改善を交渉する団体行動は法律で許されているのに、警察は経営者の肩を持って、力で抑え込もうとすることは許されるものではありません」

横川の英語の授業はいつの間にか、思想教育に変わっていた。

「私は時には自分の信条を授業の中に入れているのです。英語を教えることも大事ですが、将来を担う子供たちが間違いのない方向に進むことのほうが、もっと大切だと思うからです」

授業の後、思想的な話を生徒にしたのが当然であるかのように、胸をはって勇一に言った。

ところが数日後、駐在所に勤務している石原の父親と、上司の宮本という所長が中学校に来た。息子を前に立たせ、生徒の前で警察官の職業を否定するような発言をしたことを抗議にきたのだ。校長はすぐに二人を応接室に入れて、横川を呼んで来るように言った。

「いったい横川先生は、生徒に何を教えているのですか。私どもは警察官という職業に誇りを持って県民の生命と安全を守ることに日夜頑張っているのです。それを生徒たちに否定するとは何事ですか」

宮本は顔を赤くして語気を強め、横川を見た。

「誠に申し訳ありません、横川先生、思想信条の私心を授業で話すのは行き過ぎですよ。反省してください、お二人に謝って下さい」

校長は宮本の話を聞くと、とんでもないことをしてくれたと言わんばかりに、横川に注意して二人に頭を下げた。だが横川は謝る気配を見せなかった。

「冗談じゃありませんよ。教師という立場は科目を教えるのはもちろんですが、世の中を正しくする責務もあるのです。今の警察の人たちは、一方的に政府や政権政党の肩を持ち、野党や労働者を弾圧したり、逮捕したりしているではありませんか」

横川は謝るどころか、日頃から抱いている警察に対する不信感を吐露した。

校長は横川の気迫に押されて言葉を失ってしまった。おそらくいつもの職員会議での発言と同じで、組合に入っている半分以上の教師たちに、やり込められているのを思い出したのだろう。

「あなたとイデオロギー論争をするために来たのではありません。教師として、子供たちにそのような思想教育をされていることが問題なのです。まして警察官や自衛官の職業を、否定するなどとんでもないことでしょう。二度とあのようなことをしないと約束してください」

そう言われても私は間違ったことをしている訳もなく、これからも変えるつもりはないと言った。職員室が隣なので、他の職員に聞こえているのが解っており、この際、自衛隊や警察の不要論争をして、組合の仲間の士気を上げようと考えていたのだ。横川の腹の内には、二人が政府の犬という蔑む思いがあった。

「そこまでおっしゃるのでしたら、私どもにも覚悟があります。このままでは子供の将来が不安です。ご父兄さんたちと相談して、あなたを直接管理指導している教育委員会に総てを伝え、横川先生の取り扱いについて検討をお願いしようと思います」

三十歳の横川の将来を考えて、穏便にことを運ぼうとしているのに、あまりにも過激な発言に愛想をつかした宮本は、強行策を考えた。

教育委員会に訴えるという言葉に、横川は不意を突かれた思いになり、口をつぐむとしばらく黙って考えていた。

「横川先生を指導監督する責任は私にあります。今後このようなことのないよう指導していきますので、そこのところはご勘弁していただければと思うのですが……」

校長はことが大きくなれば、学校の恥を世間に晒しかねないと思い、横川に再度謝るよう促した。

「……ご迷惑をかけて申し訳ありません。教師たる者が、親の職業を否定するのは間違っていました。二度とこのようなことは致しません」

少しの間考えた後、横川は二人に頭を下げた。

教育委員会に訴えられれば、これまで自分がしてきた言動は、行き過ぎだと判定されるのはあきらかだと思った。最悪の場合は教師を辞めなければ、いや辞めさせられるかもと感じ、謝って事なきを得ようと考えたからだった。

もともと大げさにするつもりはなく、先生に反省してもらえばという思いだったので、警察官の二人はそれではよろしくと言って引き上げた。

（俺はこのまま教師になっていいのだろうか）

応接室のやりとりを一部始終聞いていた勇一は、強い衝撃を受けた。

高校から大学生活を通じて、勇一と関わった先生たちの話を聞いていくうちに、自分も横川と同じような考えになろうとしているのに気づいた。

横川や組合に入っている先生たちと話をしていると、彼らの言ってることがこれからの日本に必要だと感じていたのは確かだった。

父・甚十郎が怒って、何が革新だ、民主主義だ、と社会主義や共産主義を批判したときは、旧日本軍人の古い考え方をいまだに持ち、遅れている人間だと思い、教師の道を選んだ。教師の実習では、革新的イデオロギーの強い横川の言動を見ても、社会を正しい方向に引っ張るためには、あのような行動も必要かなと思いつつあったが、今のやりとりの結果、横川が二人に謝った態度は、明らかに非は横川にあるということだ。勇一は自分の進む方向が、間違っているように思えた。

盗人や人を傷つけるような犯罪者を、逮捕するには警察官が必要であり、他国の軍隊が日本に侵略しようとするとき、それを排除する力、すなわち自衛隊が必要だ。当然に必要なものを否定したのでは治安は乱れ、社会は成り立っていかないだろう。人々が生きていくには、まず現実に目を向けなければならない。

横川たち革新的な思想を持つ先生たちは、現実を通り過ぎて将来・未来の夢のようなことばかりを掴もうとしている。それは将来への進む道を、危うくするのは間違いないと思われる。だから現実との矛盾を指摘されると、現実を否定する論法にならざるをえないのではないか。その後の横川の言動をみていると、さすがに子供たちに対して親の職業の悪口は言わなくなったが、二人の子供を無視するように変えただけだった。

勇一や先生たちとの会話は、ちっとも変わっていない。あのとき頭を下げたのは、その場しのぎにすぎなかったのだろう。

(俺は自分を偽って生きたくない、父さんの意思を継いで国を守る自衛官になろう)

勇一に子供の頃から持っていた、兵隊さんになるという気持がよみがえってきた。

「父さん、自衛官の試験を受けようと思うけどいいかな?」

次の土日の休みに家に帰った勇一は、甚十郎に切り出した。一年前、甚十郎の意見を差し置いて教師になった手前、言い出しづらかった。

「何!　あれほど俺の言うことを聞かずに教師になったというのに、どういう風の吹き回しだ?」

この二、三年、甚十郎にさんざん口応えして教師の道を選んだ勇一が、思いがけないことを言ったので驚いた。

勇一は先日の学校での出来事を話した。

「先生の中には革新的な人が多いけれど、自衛官や警察官を立派な職業だと認めている人もいる。僕はまだ組合に入っていないのだが、自衛隊に行くなんて言ったら、寄ってたかって止められるだろう。いちいち説明するのも面倒だから、黙って受けようと考えているんだ」

勇一の話を聞きながら、甚十郎の口元には笑みがこぼれていた。

「それがいい、やっぱり俺の子だ。後継ぎができて嬉しいぞ、試験は難しいだろうが頑張れ」

下士官で終わった甚十郎には、陸軍将校は手の届かない夢だった。だから勇一がそれを叶えてくれると思うと、嬉しさを隠すことができなかった。

いろいろ調べた結果、募集業務を担当する香川地方連絡部という所に直接出向いた。

「今願書を提出すれば、九月の一次試験に間に合いますよ」

一次は筆記試験で、十一月の二次試験が面接と身体検査だという。合格すると二月初め頃には通知があるらしい。意外と試験時期が早いのに驚いたが、来春採用に間に合って勇一はほっとした。

(父さんも母さんも自衛隊に行くのは大賛成だし、入隊できれば親孝行ものだな)

これまでの言動から、自衛隊や警察には好意を持っていると感じていたので、校長には前もって相談していた。合格すれば三月に退職することは了解を得ている。

だが他の先生たちには一切内緒にした。特に組合に入っている者が知れば、一悶着起きるのが目に見えるからだった。

一月末、合格通知の郵便が届いた。さっそく親に知らせると、涙を流して喜んでいるのが電話の向こうでも感じ取れた。

翌日には校長に報告して三月十五日付での退職手続きをとった。退職理由は一身上の都合（家業の手伝い）と書いた。本当のことを書けば、組合員教師に知れ渡り、やめるようしつこく言われるのはあきらかだ。たとえ言われても、今度は振り切る自信はあったが、騒動になれば他の人までにも迷惑がかかると思い、最後まで内緒で通した。

幹部候補生学校の生活

昭和三十二年四月二日、尚武の地九州、久留米市前川原にある陸上自衛隊幹部候補生学校に、勇一たち一般大学を卒業して試験に合格した五百十二名の若者が集まった。すでに桜は散って、いくつかの花びらがところどころに残っている程度で、若葉が全体を覆うようになり始めていた。

営門を入ると、奥行き二キロはあるのでは、と思われるほど新緑の芝生に覆われた広い平坦な地形が目に入った。所々が黒くて土がむき出ているのは、競技や球技をするためのグランドだろう。営門のところで説明された隊舎に到着して合格通知書を見せると、第二候補生隊・第三区隊と配置先を告げられた。

一般の学校で言う何年何組のようなものだ。五百十二名を第二、第三の二個候補生隊に配置し、その中でそれぞれ六個区隊に分けて編成されており、一つの区隊が四十二、三名で構成されている。第一候補生隊の五個区隊はこの春、防衛大学校を卒業した一期生の二百六名で、三日後に来校するらしい。

（ほう、防衛大一期生の連中と同期になるとはおもしろい、彼らに負けないよう頑張らなくてはなるまい）

「私が第三区隊長の伊藤ですよろしく。詳しい自己紹介は、全員が集合したときに後でやります。とりあえずこれからは鈴木二曹（旧軍の軍曹相当）の指示に従って行動してください」

区隊長と言った男は、スポーツ刈りの頭で日焼けした色の黒い顔に、眼がぎらぎらと輝いていた。引き締まった体形は、いかにも軍人という感を受ける。言葉使いが丁寧なのは、見た目からでは想像できない。

幹部候補生は一等陸曹（旧軍の曹長相当）の階級章に、金色の丸い台座に桜花が付いた幹部候補生徽章を階級章の上につけるようになっている。

付陸曹の鈴木に案内されて三区隊の部屋に入ると、二段ベッドの寝台が二列にいっぱいに並んでいた。

「ここが田山候補生の寝るベッドです」

上のベッドに寝るよう示されたが、胸の位置より高く、寝相の悪い者は夜中に落ちる者もいるという。下は中川という者のようだがまだ来ていない。勇一の隣のベッドが中島なので、五十音順で名簿をつくっているようだ。

ベッドの上には、きれいに畳まれたクリーム色の毛布五枚と、敷布や枕が置かれていた。その横に作業服や濃い橙色の衣類が置かれ、ベッドの下には木製の箱（フットロッカー）があり、個人の貴重品などの所有物を入れておく所らしい。蓋があって鍵をかけるようになっているが、鍵はあとで隊内の売店で買うようにと言われた。その横に黒い革靴と茶色の半長靴が置いてある。

部屋の端の方には、カーテンで仕切られたロッカーがあり、制服やズボン、コートなどがかけられていた。入校以前に身長、体形、足の大きさなどの調査が行なわれており、それに合わせて準備されているのだった。

ロッカーの上は、これから候補生が使用する鉄帽や天幕、背嚢《はいのう》を置くところだという。すべて個人の所有物には、名前を書いた布を定位置に縫い付けなくてはならず、この作業が大変らしい。

すでに勇一より先に来ている候補生たちは、その作業に取り掛かっているようだ。

総てのものに名前を書いて縫い付けるには何日もかかるので、とりあえず入校式までにやらなくてはならないものを優先するよう言われた。

一通りの説明を受けると、ちょうど売店に行くという小田勇二郎という候補生がいたので一緒に行った。

小田は広島県の因島の出身で昭和二十五年春、高校を卒業して東京にある民間の会社に就職していたが、もともと警察や軍人に憧れていたので警察予備隊の募集を知ると、すぐに応募して入隊した。新隊員教育を終え、在京の部隊に配属された。大学で年に一カ月ほどのスクーリングを受ければ、大学の卒業資格が得られる通信教育の制度を知り、翌二十六年の春から慶応義塾大学文学部の通信教育課程に入学した。順調であれば四年で卒業できるのだが、演習や当直など勤務の都合で、単位の取得が遅れ、六年かけて卒業した。

今回幹部候補生試験を受験し、この春めでたく入校の栄誉を勝ち得たもので、年齢は勇一より二つ上だった。

（たいしたものだ、この苦労は他人には解らんだろう）

勇一は売店に行く道すがら、小田の経歴を聞くと尊敬のまなざしを向けた。

すでに下士官である三等陸曹（旧軍の伍長）の階級章をつけていた小田は、自衛隊生活六年半のキャリアがあるので、新しい候補生がいま何を準備しなければならないかを良く知っている。タオルや髭剃りなどの洗面具、洗濯石鹸や洗濯バサミ、家族や友達に出す手紙に必要なもの、インク、ペン先、鉛筆などの筆記用具、ノートやハンガーなど勇一の気がつかないものを、次々と小田に合わせて買った。

小田は年の功と苦労した経験からか、落ち着いた話し方をする。大きな声で笑ったり、大げさな動作はしない。自衛隊のことを良く知っているので、みんなから色々訊かれるが、気軽に応じて適切にアドバイスをしていた。勇一も何か疑問があると小田に訊いた。付陸曹でもいいのだが、誰でも知っているようなことだと恥ずかしいと思ったからだ。こんな成り行きでベッド下の中川と、小田と小田のベッド上の緒方と四人で食事をしたり、風呂に行ったり、売店に行ったりして一緒に行動するのが日常になっていた。

「私は陸軍士官学校五十九期、入校中に終戦を迎えました。出身は大分県竹田市、日露戦争で旅順港を閉塞する際、杉野兵曹長を捜しに行って、敵の砲弾で殉死した廣瀬武夫中佐と同じ街です。今年から防衛大出身者も当校に入るようになりました。諸君は十数倍の難関を突破してきた優秀な能力の持ち主です。決して彼らに引けをとることはありませんので頑張ってください」

三区隊四十二名全員が到着すると、国旗降下が終わった午後五時すぎ、自習室に集められ、伊藤区隊長の話を受けた。

伊藤は三十二歳、きびきびした態度で三区隊四十二名の顔を一人ひとり見ながら自らを紹介した。少し笑いを見せているが、怒ったら怖そうな感じがした。肩に一等陸尉(旧軍の大尉相当)の階級章が銀色に輝いていた。

そして二名の付陸曹を前に呼んで横に立たせ、それぞれ自分で自己紹介するように言った。

三十二歳の鈴木二曹と二十七歳の斉藤三曹は、二人とも普通科の職種で肩幅が広く、一見百戦錬磨のつわものという感じだ。

「君たちは付陸曹より階級は上位であるが、自衛隊のことを何も知らないひよこです。二人は何をとっても、君たちより自衛隊の知識は豊富であるのは確か、二人の助言、時には厳しい注意・指導を受けるだろうが、素直に従ってください。それが一日も早く幹部自衛官になるものと自覚してもらいたい」

二人の言うことは、区隊長が言っているものと思って行動せよと強調された。

自衛隊は、部隊章や名前を書く布の縫いつける位置、ベッドの取り方、階級章の位置、被服や靴の整頓など、数えたらきりがないほど細かく決められており、これらを教えるのなら幹部が出るまでもなく、二人の陸曹に任せるのが妥当だと思った。

「とりあえず入校式が終わるまでは、諸君をお客さんとして扱うが、以降は自衛官として立派な幹部になるよう厳しく指導するつもりです」

勇一たち一般大学出の候補生たちの大部分が、自衛隊の自の字も知らない者ばかりなので、防衛大出が来るまでの三日間に歩き方、敬礼のし方、朝起床してから夜寝るまでの起居動作を毎日繰り返し練習して、防衛大出に少しでも追いつかせようと、演練させていた(防衛大出は学校で、これらの基本動作を体得している)。

「一、二、一、二」

歩く動作一つにも顔をまっすぐにして、腕を前に四十五度、後ろに十五度振り、歩幅は身長に関係なく七十五センチと決められており、それぞれが自ずとその歩幅で歩けるよう体得しなければならない。一糸乱れのない集団行進をするには必要欠くべからずのものなのだ。

何から何まで統制を受けて、窮屈に感じる者が居るかもしれないが、勇一は甚十郎の姿を見て育っただけに、異に感ずるよりも楽しく思えてならなかった。

基本教練のときの小田は慣れたもので、区隊長や付陸曹の助手として、勇一たちに教える役割をしていた。

防衛大一期生への対抗心

三日後には防衛大学校を卒業した一期生が、幹部候補生学校に集まった。営門を入る時から制服を着て、襟に付けた幹部候補生の徽章も、一等陸曹の階級章もピカピカに磨かれ、きらきらと輝いている。

歩く姿勢は大きく手を振り、胸を張って堂々として、勇一が見ても感じが良い。一般大学出身者との差が歴然だ。

(これではあきらかに負けている、しっかりやらないと防衛大出には勝てない)

初めて防衛大出の姿を見た勇一は、あまりの違いに驚いた。それでも彼らには負けられない、頑張らなくては、と強く思った。

四月九日十時、体育館において勇一たち一般大学を卒業して採用された五百十二名の候補生と、防衛大学校を卒業した二百六名合同の入校式が行なわれた。

防衛大学校第一期生が、幹部候補生学校に入校するのは初めてのことであり、防衛関係者はもとより、多くの関心を集めてマスコミの取材人数は、いつもの数倍になっていた。

マスコミを意識してか、参列者の中には小滝彬防衛庁長官、筒井竹雄陸上幕僚長(東京帝大出、文官、旧軍の大将相当)、陸幕第五部長(中将相当)、第四管区総監(中将相当)、久留米市長など錚々たる人たちが見守っていた。

「宣誓、……法令を遵守し……ことに臨んでは危険を顧みず、身をもって国民の負託にこたえることを誓います」

防大出の代表候補生が壇上に上がり、校長の平井陸将補(少将相当、士官学校四十期、終戦時中佐)に向かって宣誓書を読み上げるのに合わせて、列中にいる勇一たち候補生も大きな声で宣誓した。読み終わると、代表の敬礼という号令に合わせて一斉に首筋を伸ばしたまま頭を前に十度傾けた。

小滝防衛庁長官、筒井陸上幕僚長などの来賓の祝辞を順次に聞かされたが、多くは防衛大一期生たちに対する期待と、希望が繰り返されていた。一般大学出身者の方は継ぎ足しの感じは否めなかったが、負けてなるものかという闘志が湧いた。

(いよいよ勇一が将校になるための訓練を受ける時が来た。厳しいけれど頑張れよ)

どうしても入校式を見たくて参列した甚十郎の眼は、金色の幹部候補生徽章に釘付けで潤んでいた。旧軍時代に過ごした十七年間、将校は憧れで、手の届かぬものだったが、勇一が今、代わって成就しようとしているのに感激していた。

入校式の後、会場は隊員食堂に移され、参列者、父兄、学校関係者そして入学した候補生およそ千人を一同に会しての祝賀会食になった。天井は高く、あまりの広さに驚いた。すでにテーブルには食事が準備され並べられていた。ご飯はお祝いを表す赤飯が盛られている。

「えっ、田山君は中学校の先生をしていたのですか」

隣の席にいる小田が、勇一に何で教師を辞めてきたのか疑問に思って訊いた。

「どうも教師の世界は性に合わないと思ったので、自衛隊の試験を受けました」

今の教職員組合の人たちの思想が、あまりにも左に片寄っていると感じ、とてもついて行けないと思い辞めたのです、と付け加えた。

「早く気がついて方向転換したのは良かったかもしれない、君はがっしりした体格をしているけど、ラグビーでもやっていたのか」

気の合いそうな男が、仲間になったのを小田は喜んだ。勇一の体形を見直すように目を動かすと、勇一がラガーマンだったのではと尋ねた。

「いや柔道をやっていたんだ。中学、高校、大学と柔道一筋の柔道馬鹿ですよ」

甚十郎の勧めで、中学に入ると柔道部に入った。小学生の頃はクラブがなく、五、六年生のときの担任が相撲の好きな人で、グランドの隅にあった土俵で、よく生徒たちに相撲を取らせていた。先生は男子生徒全員にしこ名を付けて、総当たり戦で相撲を取らせ、その都度大きな紙の星取表を張り出していた。

勇一は、背が特別高くはなかったが、小さいころから父・甚十郎と相撲を取っていたから足腰が鍛えられ、いくつか技を覚えていたので、大きな同級生にも負けることなく、東の横綱を張っていた。小学生の相撲大会が夏祭りで行なわれたときも、五人抜きをして賞品のノートや鉛筆をたくさんもらったことがあった。

甚十郎は是非にも軍人にしようとしていたので、否応なく柔道を奨励したのだ。高校、大学では、学校別対抗の柔道大会には常に選手として出場し、好成績をあげていた。高校では二段を、大学卒業時には四段をもらっていた。

幹部候補生学校でこれから受ける野外訓練は、常に銃を携行して十〜二十キロの重いものを背負って行動しなければならず、体力の良し悪しは成績に加点されるのはあきらかだった。温厚で実直な小田は頭がよさそうだが、少し痩せ気味の体形は力仕事に適していないように思えた。だがこの六年半、自衛隊生活を過ごしてきたという実績は、間違いなく他人に負けないガッツがあるのは確かだろう。

「持続走は得意なので、連隊の駅伝大会には選手で走っていたんだ。長く走るのは苦にならんのです」

痩せていても思った以上に体力がありそうな小田は、自信ありげに笑いを見せた。

（小田に負けないよう頑張らなければ）

ここにいる候補生たちは、何らかの得意とするものを持っているだろう、侮ってはならない。長距離は苦手だが、何とか頑張って総合的には負けないようにしなくてはと、内心闘志を燃やした。

向かいの席にいる甚十郎は、軍隊時代を思い出すのか時々涙目になっては、ハンカチで目を拭っていた。勇一と別れるときも涙を溜めて、手を振りながら出て行った。

嬉し涙であったろう。


翌日から早速、忙しい日課が始まった。

朝六時、起床ラッパに飛び起きて、点呼を受けた後すぐに駆け足、体操をし、部屋に戻るとベッドをたたみ、洗面、清掃、靴磨き、朝食、トイレなど、七時五十分に集合して区隊長に敬礼の挨拶をするまでにやらなければならないことがたくさんある。

ベッドをたたむのは端の耳をきちんと揃えなくてはならないのだが、これが簡単にいかず手間がかかる。揃え方が悪いと付陸曹からベッドの下に落とされる結果になる。トイレや食事も短時間に集中するので並ばなくてはならず、待ち時間をとられる。

さらには当直や当番になれば、区隊長の指示を受けて、みんなに伝達しなければならずやることが増える。

初めのうちは誰もが、何をどうしていいか解らないほどに、うろたえながらやっているので時間内にできない者が多い。遅れると連帯責任と言ってその班全員が、腕立て伏せだの駆け足などの罰則を受ける。だから早い者は遅い者を手助けして、班全体が時間に間に合うようにしなければならない。

まごまごしている者も三カ月を過ぎると要領を覚えて、時間内にそれなりにきちんと間に合うようになるから不思議だ。

旧軍に、兵は拙速を尊ぶべしということわざがある。つまり仕上がりはへたでも、やり方が早いことということだが、毎日やっているうちに自然と要領を身体で覚えるようになり、なるほどと思った。

八時に国旗掲揚があり、全員で国旗に向かって敬礼し、その後、候補生隊長に敬礼して訓示を賜り、一日のスケジュールで示された課目に合わせて行動する。

教場や訓練場所への移動は、隊伍を組んで歩調を揃えて、隊歌や軍歌(旧軍の)を歌いながら行進する。移動の指揮は当直の候補生が執る。当直や当番は半週交代で順番制になっている。教場では戦術、戦史、防衛法制、装備品の性能、測量や地図の見方など、初級幹部として必要な基礎知識を専門の教官に教わるのだ。

戦闘訓練などの野外課目での移動は、基本的には小銃を胸の前に掲げて(号令は控え銃)駆け足で移動する。この時通常、当直の号令で歩調などの掛け声を出しながら走る。

午後五時に課業が終わると、八時からの自習時間までは自由時間だが、初めの内は隊歌や軍歌を覚えるために毎日一時間ほど、付陸曹の指導の下、みんなで大きな声を出して歌う隊歌訓練がある。将来部隊を指揮するためには、大きな声が出せなくては戦火で自分の意思を部下に伝えられないからだという。

入校して半月が過ぎた頃、各人が携行する小銃が一人ひとりに授与された。早速、銃の取り扱い要領、分解、結合方法を教わり、ことあるごとに銃の手入れを行なうようになった。土日、祭日など外出する日でも、必ず銃の手入れをしてからでないと外に出られない。だんだんと銃を使った野外訓練が多くなり、銃は戦時には命を守るものだ、命の次に大事にしろ、射撃で的に命中させたければ、日頃から銃の手入れをしっかりしておくことだ。というのが区隊長の口癖である。

九月半ば、月末に行なわれる、学校から高良内神社までの持続走大会を目指し、候補生たちは毎日汗を流して、グランドや駐屯地内の道路を走り回っていた。この大会は個人のタイムを競うとともに、区隊の総合タイムを争うもので、区隊長以下候補生全員が一丸となって区隊優勝を目指し、一生懸命練習に取り組んでいた。

そんな日曜日、朝のタイムレースを終えてシャワーを浴び、洗濯、靴磨き、銃の手入れ、月曜の授業の準備などを終えた午後、勇一は久しぶりの気分転換にと、ベッド下の中川と一緒に久留米の街に外出した。二人とも西部劇映画が好きなのでそれを観賞した。見終わっての帰り道、夕食を食べようと手ごろな食堂を見つけて、焼肉定食を注文した。酒も置いているのでビールを頼んで飲み始めた。

二人の話はもっぱら、幹部候補生学校の教育や苦しくてきつい訓練の話だが、失敗談や面白かった話などが、次から次と出て花を咲かせていた。久留米の人たちは勇一たちを見れば、桜の徽章で前川原の幹部候補生だとすぐに解る。

ふと、少し離れたテーブルで飲んでいる同じ年齢か、少し上かと思われる三人の男の視線を感じた。ラフな服装で七三に分けた髪の男たちは、あきらかにおもしろくないという目つきだ。テーブルの上にビール瓶と徳利が数本あるところを見ると、だいぶ前から飲んでいるようだ。

区隊長や上司から常々、多くではないが国民の中には自衛隊の存在を否定する人がいるのは確か、嫌がらせをされても相手をするな、と言われたのを思い出し二人とも知らぬふりをしていた。一時間半ほどして、じゃあ帰ろうかと勘定をして外に出た。

「おい、税金泥棒待て！」

振り返って見ると、さっきの食堂で飲んでいた三人の男とすぐに解った。三人は急ぎ足で近寄り、勇一たちの前に立ちふさがるようにして睨みつけている。

「何かご用ですか」

「戦争を放棄している日本に、武器を持つ自衛隊なんか要らないんだよ。そうだろ」

（こいつら日教組の者かも知れない……）

教師にしては言葉使いが荒いと思ったが、一年間教員として過ごした経験からすぐにそう感じた。言い方が横川と同じだったたからだ。

「あなたたちは、学校の先生ですか」

勇一はつい思った通りを口に出した。

「何を！　そんなことはどうでもよか。必要のない自衛隊に、税金を無駄に使われるのが納得できんとばい」

勇一と中川が年下だと見くびっているのか、背の高い男が今にも噛み付きそうな顔を勇一に近づけた。おそらくこのノッポが一番年長だろう。

「まったく税金泥棒のくせんして、大きな顔をしやがると」

青白い顔をして黒縁の眼鏡をかけたインテリ風の男が言った。もう一人の男もほっそりした体形で髭剃り跡が青く、銀縁の眼鏡をかけてインテリ風な感じだった。

「武器を持っている自衛隊がおれば、他国とトラブルが起きたとき、すぐにも戦争になりかねんでしょう、そう思わんと」

後ろにいた銀縁眼鏡の男は少し若いのだろうか、丁寧な言い方をした。

（どこの誰かも解らず、酔っ払いとトラブルになってはまずいな）

そう思った勇一は、中川の袖を引っ張って逃げるぞと言った。

「こんなもので格好をつけやがって」

「何をするのですか」

二人が逃げようと身体を回したとき、ノッポの長い腕がぐいと伸びて、勇一の左襟に付けていた階級章を引きはずした。

（こんなことを許してはいかん）

そう思った勇一は、ノッポの襟首を掴むと、得意の背負い投げをかけて地面に投げ飛ばした。柔道一筋に育った勇一には、一見うらなりのようなインテリ男性たちにからかわれ、侮られるのは許しがたいものだった。

あまりにも早い勇一の対応に、他の二人は怯んだのか、顔を見合わせているだけで声も出さなかった。

「階級章を返してください。私にとっては大切なものですから」

勇一は地面に落ちている階級章を拾い上げた。

「後で揉め事になっても困りますから、これから警察に行って事実を話しておきたいと思います。一緒に行きましょう」

後々、ありもしない筋書きになって、自衛隊の悪口を新聞などに書かれても困ると思い、同行するよう切り出した。

「解ったよ、自衛隊さん。俺も酔っ払ってついやりすぎたと思っている」

ノッポは立ち上がると、ズボンの汚れを落とすかのように、ぱたぱたとはたいた。

「それにしても背負い投げは上手く一本取られたばい。俺も高校生の時に柔道をやっていたんだ。お互い生きる道は違うけど、国を思う気持は一緒ばい。自衛隊さんも頑張ってくれたまえ」

そう言うとノッポは、二人を促して街の方に戻って行った。ノッポは高校時代の青春を思い出したのか、すっきりした気分を感じていた。

「中川、彼らも反省してくれたようだから、今日のことは内緒にしておこう」

「そうだな、大事にならないでよかったな」

二人は笑みを見せながら、幹部候補生学校前行きのバスに乗った。

卒業前の総合演習

連日朝から晩まで、何をするにも初めての授業や訓練に追われながら、候補生の誰もが来年三月の卒業を目指して、厳しさや苦しさに耐えて頑張っていた。入校して半年が過ぎ、時の経つのは早かった。

九月末に行なわれた高良山持続走大会での三区隊の成績は、十二個区隊中の第五位とまあまあの成績だった。勇一個人は、区隊四十二人中の二十番だった。初めのころは三十七、八番だったから、驚くほどの伸びだ。特に自己ベストを出して、目標だった区隊の半分以内に入ったことに満足していた。

十一月中旬の射撃は、訓練時から射撃の上手い特級射手の鈴木二曹の教えを忠実に守り、実弾射撃時にもそれに徹したのが良かったのだろう、区隊で三人しかいない一級の点数に達して合格した。

三月の卒業があと一月半になった二月初旬、いよいよ幹部候補生学校最大の演習、すなわち、入校以来積み上げてきた、総仕上げの二夜三日連続の総合訓練が始まった。

この訓練は、五十キロ行軍をした後、高良内演習場に入り、状況下での小隊攻撃、防御などの戦闘訓練を行なうのである。

初日の昼過ぎ、訓練開始に先立ち完全武装した候補生たちは隊容検査と称して、準備状況、つまり銃の手入れ、背嚢や雑嚢の入れ組品(携行食五食分が配られている)に不足はないか、顎紐、背嚢の縛着は確実か、靴の手入れ、水筒の水、清潔で皺のない作業服かなどを、区隊長の伊藤から候補生たちが一人ひとり点検を受けた。

「入校から十カ月、諸君が日々教育訓練を受けた成果を存分に発揮し、胸を張って来月の卒業式に臨んでもらいたい。この三日間の試練に耐えることは、諸君の今後の自衛隊生活に、絶対の自信に繋がるものと信じている。一人の落伍者も出すことなく、与えられた任務を完遂してもらいたい、健闘を祈る」

壇上の候補生隊長・伊豆田二佐（旧軍の中佐相当）の訓示を、候補生たち誰もが顔を赤くして、意気軒昂の気持を心に秘めて聞いている。整列した各区隊の前には最初に小隊長に指名された候補生と旗手が立っている。

誰もが卒業を前にした、最後の山場の演習を自覚していた。これから小隊長や班長などの役割を、状況が変わるごとに区隊長から指名されるのだが、その役割の出来・不出来が、学校卒業時の最終的な成績に影響するという話は、これまで学校関係者たちから何度も聞かされているので緊張するのは当然だった。

その日の夕方五時に夕食を終えると、七時に全員就寝という指示が出され、候補生たちはみなベッドに入って寝ることになった。

「起床！　非常事態発生、ただちに完全武装して舎前に集合せよ」

夜の九時、突然部屋の照明が点けられ、区隊長から指示が出た。付陸曹たちは大きな声を出して指示を逓伝している。総合演習の状況が開始されたのだ。

非常呼集は明日の朝、四時か五時頃だろうと候補生たちの間で、予想していたのだが、まさかこんなに早いとは、うろたえるものが多かった。

すぐに飛び起きて服装を整え、背嚢を背負い、銃を持って舎前に集合しなければならない。小隊長に指名された候補生は、中隊長（実は区隊長）のところに行って状況説明を受け、命令を受領して隊員（他の候補生）に命令下達するのだ。

「第一斑十一名集合完了」

班長役は班員の集合状況を確認して小隊長に報告した。

「よし、五番車両に一、二班が、六番車両に三、四班が乗車して目的地に移動する。小隊長は五番車両に乗る。目的地に着いたら命令を受けみんなに下達する。乗車！」

小隊長役は四十二名を掌握すると、大型トラックの後ろの荷台に乗車するように命じた。

「俺たちは何処に行くのかな？」

「高良内演習場だろう」

トラックに乗った候補生たちは、小さな声でぼそぼそと、これからどのような状況で演習が行なわれるか、解らぬまま車に揺られていた。

「どうも高良内ではなさそうだな」

三十分経っても車が走り続けているので、行く先はもっと離れた別の場所だと感じた。そのうち候補生たちは、なるようにしかならぬと思ったのか、黙って眠る者が多くなった。

（どんな状況になるかは解らんが、少しでも眠っていたほうが良さそうだ）

銃を股の間に立ててしっかり握り、身体を支えるようにして眠ることにした。車の中は誰一人話をしなくなった。

「起きろ、到着したぞ。下車」

時計を見ると、あと二、三分で十一時だ。

「足元に気をつけろ」

小隊長や班長役は、懐中電灯を照らして班員(他の候補生たち)に声をかけて下車を促した。辺りは民家もない野原でひっそりと寂しい場所だった。空には星が瞬き、うっすらと明かりを照らしていた。久留米から東二十五キロほどの星野村というところらしい。

全員下車すると、近くの原っぱに集められ、区隊ごと、区隊長(中隊長)から状況の説明を受けた。これから逐次小隊長をやるので全員に対する命令下達でもあった。

「高良内演習場の中の台一帯を、約三個小隊の敵が占領して陣地を築いている。わが中隊は、これより高良内に向かって前進し明後日、態勢を整えて早朝攻撃を開始、敵を撃破し陣地を奪取する」

ということは、これから演習場まで行軍するということだ。地図に示された経路は、そのまま西に行かず、途中北東に向かって合瀬耳納《おうぜみのう》峠を越え、浮羽町に出てから西に向かうようになっている。ざっと五十キロ以上はあるようだ。

行軍距離は長いけど、速度を一時間に四キロとすると、少々休憩を入れても明日の昼頃には高良内に着くはずだ。明後日の朝が攻撃開始だから、多少準備に時間がかかっても、充分睡眠がとれるのではないか、思ったより厳しくないなと感じた。

(まてよ、幹部候補生を鍛える総合演習がそんな容易いものではないはずだ)

勇一がそう思ったとき、区隊長の伊藤が話を加えた。

「状況下とは常に敵を意識して行動することだ。行軍においても、敵のゲリラ攻撃はもちろん、橋やトンネルなどの破壊による我の行動を阻害することも、考慮しておかなくてはならない。だからといって、二日間隊員を一睡もさせずに敵にぶつかれば、こちらが殺られる可能性が高い。そういう厳しい状況を乗り越えて無事任務を完遂するのが立派な指揮官である。それをこの総合訓練で体得してもらうのだ」

つまりこの厳しい状況の中で、部下を休ませ、仮眠を与えられるようにしながら、人や物の運用をやらなくてはならないということだろう。

さらに出発に先立ち、各班にアメリカ製のA6という、小銃の三倍ほど重い機関銃一丁が装備品として配備された。班の中の一人が、小銃に替えて機関銃を持つことになった。これは誰でもいい訳にはいかず、体力のある候補生が、区隊長から直接指名された。第二班の機関銃手は勇一になった。

行軍が開始された当初は、さほど苦にはならなかったが、一時間ほど経つと、十三キロの重さが肩に食い込んでくるようになり、とてもずっと一人で担いで行けるものではないと感じた。

「よし止まれ、小隊は小休止をする」

「……」

小隊長の小休止という指示が出ると、勇一はその場に座り込んで休むのだが、肩や腕の痛みが強くなり、言葉を発するのも億劫になっていた。

「班長、このままだと田山候補生はつぶれますよ。どうしますか？」

付陸曹の助言で、班員が交代で担ぐようになった。しかし他の候補生に代わると、二十分もしないうちに交代してくれと言い出す者もいた。

歩き始めてから三時間もすると、四キロの小銃でも肩に負担を感じるようになったのに、三倍もの重さで形状も大きい機関銃では、手を余すのは当然だ。行軍の難点は重い機関銃をいかにして、上手に運搬するかだと思った。こんな重くて大きい機関銃など、無用の長物で邪魔だと思いがちだが、いざ戦闘の場面では絶大の威力を発揮して、全隊員の命を護るものでそうはいかない。

それでも勇一は、自分が本来の機関銃手である立場を自覚して、担ぐ順番がくると三十分は頑張った。小隊長などの配役の交代や、機関銃を担ぐ順番を交代しながら暗い道を歩いていると、小隊長が手を挙げて停止の指示を出した。

「小隊はこの場で二時間の大休止をとる。警備は他の部隊が実施するので、全員仮眠して休息せよ」

辺りは枯れた草原で突然、個人用の天幕（テント）を張って仮眠するよう区隊長から指示がでた。個人用天幕は二人一組で構成するので、いつものベッド上下のペアで作るように決められている。時計を見ると二時を過ぎていた。

勇一はさっそく中川と協力して展張作業にとりかかった。中川とは入校以来演習の都度、何度もやっているので、十分もすると出来上がり、すぐに配られた二枚の毛布に包まって眠った。少しでも眠っておかないと、疲労が溜まって体力が持たないのはあきらかだ。まだ外でごそごそと、作業をしている遅れたペアがいると、思いながら眠ってしまった。

「起きろ！　四十分後に出発するぞ」

いきなり区隊長や付陸曹から声がかかった。空は薄っすらと明るくなり、周りの林や山が見え始めていた。

天幕を撤収して個人装具を整え、携行食を水筒の水で胃に流し込み、用便を済ませて五時の出発に間に合わせなければならない。

「次の編成を示す。小隊長は小田、第一班長・荒若、第二班長・沖田……」

すぐに区隊長から配役の変更が示された。

（小田が小隊長になったぞ、だが小田なら大丈夫だろう）

勇一は小田が、小隊長の役を無難にこなせることを願った。

小隊長に指名されると、個人装備品の他に四キロの無線機や地図を引き継ぎ、かつ常に小隊内の状況を把握して中隊長（区隊長）に報告し、必要な命令・指示を受けて各班長に伝えなければならず、休憩時でも腰を降ろす余裕がないほど忙しい。

班長は常に班員の疲労や健康状態などに気を配り、小隊長の指示が出るたびに駆けつけ、班員に命令・指示を徹底しなければならず、この役もそれなりに忙しい。だから候補生は、役付き交代が告げられるとほっとするのが正直な心境だ。

「小隊長、右前方の丘の上に敵兵発見、我方に向けて射撃中です。第一班は停止させて敵の様子を窺っています」

小田が小隊長に指名されて三十分ほど歩いていると、前を歩いている先遣の第一班長が付教官に状況の指示を受け、小田に報告してきた。

「敵の勢力はどれほどか」

「一個班程度と思われます。機関銃を装備しています」

「よし、一班はその場で応戦して引き付けておけ。二、三班は右に迂回して敵の側方から攻撃せよ。四班は予備としてこの場に待機し四周を警戒せよ」

軽快な小田の命令が、班長に伝えられた。二、三班の二十二名は班長の指揮の下、右の道路沿いを敵に見つからないよう、姿勢を低くして敵に接近して行く。

勇一は機関銃手として二班長の指示する右の台上に、機関銃を設置すべく装填手、弾薬手役の候補生二人と速やかに移動を始めた。

機関銃組が前方三十メートルの台上に移動して、機関銃を設置し射撃態勢をとり、二、三班が右に迂回して、敵がいる台上への攻撃態勢を完了した。

「敵数名を射殺、残りの敵兵は命からがら後方に逃げていった。本戦闘状況を終わる」

区隊長が、この場での敵兵駆逐の状況を示して、部分的な戦闘状況の終了を告げ、区隊は再び行軍に移行した。

（小田は上手く小隊を指揮したな。たいしたもんだ）

勇一は小田の指揮ぶりが、思った以上にスムーズに運んだことを喜んだ。

お日さまが山間から顔を出し、辺り一帯を照らし始めると、今日の天気のいいのが嬉しかった。時計は九時を過ぎ、休憩を除いてかれこれ七時間を歩いている。

昨夜二時間近く眠ったけれど、充分のはずはなく、どうやら睡魔が襲い始めていた。候補生たちの疲労は明らかで、ふらふらした歩き方をみると、眠ったまま歩いているのではと思われた。

その後変わった小隊長は、落伍者を出さないように気を配り、休憩を多めにとりながら行進をしていた。

「このペースだと、小隊が示された時間までに高良内演習場に到着するのは難しい。二個班は車両で近くまで行くことにする。残りの二個班は、引き続き徒歩で高良内に前進せよ」

上級部隊の命令は絶対で、いかなる手段を使っても、示された時間までには目的地に到達しなければならないという状況が作られた。おそらく思った以上に候補生たちが、ばてたために行進速度が遅くなり、時間を費やしたためだと思われた。

「これまでの班の編成を解いて、疲労している者、つぶれそうになっている者、演習場まで歩けそうにない者を、優先して十九名を人選せよ」

もちろん先に行って指揮をする小隊長や班長役は、車両に乗るのだが、他に班員として行く十九名が選ばれた。明らかにばて気味で、区隊長が指名をした者が九名で、他は希望する者として手を挙げた十名が選ばれた。

勇一も内心、希望しようかと心が揺らいだが、ここまで歯を食いしばってきたものを壊したくないと思い、最後まで歩こうと決めた。

多かれ少なかれ大部分の候補生たちが、勇一と同じように心の葛藤をしただろう。本当に身体が弱い者や、歩けそうにない者は止むを得ないが、己の根性を試す場として頑張ろうとする者と、あっさりと楽なほうを進もうと決めた選択方法が、今後の人生に大きな影響を及ぼすのは確かだろう。

卒業時に陸幕長賞や学校長賞をもらうだろうと思われている関根候補生は、最後まで歩くほうを選んでいた。

「三、四班は引き続き徒歩にて演習場を目指せ。遅くとも午後一時までには到着せよ」

そう指示を出すと、区隊長や付陸曹たちは、小隊長や班長役を連れて車両で行ってしまった。勇一たち二個班二十名はその場に置かれた。何だか取り残されたようで、これから三時間近く歩かなければならぬと思ったら、疲れがどっと出てきた。

「せっかくの経験だ、俺たちは自分で歩くと決めたのだから、最後まで頑張ろうぜ」

勇一は、残った候補生たちのがっかりした態度を見て檄を飛ばした。二人の班長役も、区隊長や付陸曹が一人も居なくなったので、張り合いを失ったようで元気がない。

それからは三十分歩いては休憩する、という短いサイクルに変わった。それでも二時間ほど歩くと、多くの者の足の豆が破れ、痛くてとても歩けないという者が出てきた。機関銃を担ぐ要員も、足腰の痛みがひどくなり、十分で交代するようになった。

勇一の足も豆だらけになっていたが、何とか痛みを堪えて歩いていた。

とうとう何人かの者が痛みに耐えかねて、休憩中に半長靴を脱いで、道端で足の手入れをしている最中に、一台のジープが近寄って止まった。候補生たちは何か連絡にきたのかと思って見ていると、鼻の下に明治の板垣退助のような白い髭を生やした人が降りてきた。学生隊長の樋口一佐だ。

「第三小隊第三及び第四班、高良内に向かって行軍中ですが、ただいま小休止中であります。全員士気旺盛、異状ありません」

すぐに班長役の二人が気づいて駆け寄り、大きな声で報告して敬礼した。

「ご苦労、多少長い距離を歩くようになったが、みな元気でよろしい。あと少しだから最後まで頑張れ」

白い歯を見せて樋口一佐は答礼すると、ジープに乗って引き返した。候補生たちはその場で直立不動の姿勢を取って見送った。

「よーし、あと一時間力を合わせて歩きぬくぞ」

「おー！」

今にもばてて落伍者にもなりかねなかった候補生たちに、元気がよみがえった。

現金なもので、学校関係者が側に一人もいなくなり、誰も見ていないと思ったら、足腰の痛みは増し、午後一時までに着かなくてはという思いも薄れかけていた。

だが髭の学生隊長が、自分たちの行動を見ていると思った途端、幹部候補生としてやらなきゃならない強い意志が復活した。

元気を取り戻した三、四班の二十名は、十二時五十分に演習場東の原に到着した。

「よく頑張った。昼飯はまだか、よしすぐに食べさせよ。済んだら中の台に前進して敵の侵攻を阻止せよ。細部は小隊長の指示を受けよ」

区隊長の伊藤は、勇一たち全員が無事時間までに到着したのを喜んだ。そして班長役に事後の行動について指示した。

昼食の缶詰を水筒の水で胃に押し込むと、候補生たちはみな立ち上がり、班長役の尻にくっついて中の台に前進した。そこには朝方車両で先に行った一、二班の候補生たちが、敵を阻止するために木の株や凹地、石などの陰に潜んで、銃を構えていた。

小隊長の指示を受けて、勇一たちも一、二班の横並びの位置に配備につき、銃を構えた。

勇一は機関銃手に戻り、機関銃組の二人と一緒に、指示された場所に機関銃を設置して、射撃ができるよう腹ばいになって待ち構えた。だが五分もしないうちに、射撃姿勢のまま三人とも眼を瞑ってしまった。疲れて眠っているのだ。

「こらっ、何をしている早く後方に下がれ」

怒鳴り声ではっと気づき、目を開けて前を見ると、わあーっと喚声をあげて敵が接近してくる。捕まっては大変だと足の痛いのを我慢し、機関銃を持ち上げると、東の原に足を引きずるようにして急いだ。

敵は中の台で止まり、防御陣地の構築をはじめたという。

「中隊は現在地で態勢を立て直し、後続の第二中隊(仮定)の増援を得て、明朝六時攻撃を開始して西の台(中の台の西側)一帯を奪取する」

夕飯を喰って辺りが薄暗くなってきた頃、区隊長から中隊の命令が下達された。

「これより小隊長は田山、第一班長は長瀬、第二班長は畑谷……」

区隊長が勇一を小隊長に指名した。

はいと返事をしたが、まさか攻撃最後の小隊長を賜るとは思いもよらず驚いた。

(関根だと思っていたのに、まさか俺が小隊長を指名されるとは……)

関根は区隊で賞取りの一番手であったが、長距離行軍で足腰を痛め、身体が思うように動かせないほど支障が出ていた。だから二番手の勇一が指名されたのだ。

「田山おめでとう、頑張れよ」

勇一の近くにいた二、三人の候補生たちが声をかけた。

最後の小隊長から賞を授与される者が出るというのが、学校の慣わしであり、勇一は胸の高まりを知られまいと平静を装った。

（棚ぼたであろうが、チャンスだ。頑張ってみよう）

関根のダメージを知っているだけに、何だか悪い気がしてならない。だがやるからには全力を尽くそうと思ったら、身体全体に震えがきた。武者震いだ。

これまで教わった知識を絞り出して、明早朝の攻撃を成功しなければならない。

区隊長から中隊の攻撃計画が示された。すぐに班長を集めて作戦図を示して説明、任務を下達した。そしてこれより現地偵察に向かおうとして、小田を小隊陸曹に指名した。

「小田候補生は小隊陸曹として小隊長に同行せよ」

小田は入校前、すでに三等陸曹で普通科部隊の班長を経験して、小隊の動きが解っているので、俺を使えと勇一に耳打ちしていた。

実際の普通科部隊では、小隊陸曹という小隊のことなら何でも知っている二曹クラスのベテランがいて、小隊長を適切に補佐し、班長を指導して確実な任務遂行態勢をとっているのは確かだった。これまでの学校の教育でも教わっていたので、勇一は採用したのだ。

薄暮の中、勇一は小田と四人の班長を連れて、明朝の攻撃態勢を間違いないようにするため、接近経路、攻撃開始場所、一線に並べる要領などを暗くならないうちに現地に行って確かめておこうと出発した。

小田を見ると何処から持ってきたのか、細く切った布をいくつも持っており、何をするのかと思っていると、行く先々の要所の枝や草にそれを縛り付けている。

「暗くなっても戻れるようにしているのだ。明朝の暗いうちでもこれをたどれば、順調に態勢がとれるだろう」

なるほど、経験者でないと解らないことだと感心した。

翌朝六時、パーンと信号弾が打ち上げられた。攻撃開始の合図だ。

「第三小隊前へ！　機関銃組はその場において、前進を掩護せよ」

横一線に態勢をとり、今か今かと待っていた候補生たちは、勇一の号令で一斉に立ち上がって空包を一発撃つと、敵の陣地に向かって前進を始めた。

機関銃組を交互に前に進めて掩護射撃の下、各小銃班が前進する。その動作はこれまで訓練してきた基本動作を、忠実に実行させながら敵陣地に接近するのだ。一班が出る時は二、三班が掩護し、機関銃を前に出す時は、各小銃班が掩護するなど、必ず掩護射撃の下に行動するという形をとっていた。

一兵卒役の候補生たちは敵弾を避けるため、小さなこぶや凹地、切り株などで身を隠しながら、俊敏な動作で進んでいく。

いよいよ敵に近づくと、ほふく前進といって、頭を上げずに腕の力だけで前進する。突撃発起位置辺りにくると、腰に下げている銃剣を抜いて、銃口の横に取り付ける。最終的には敵兵を刺突するためである。まさに生き抜くための訓練をしているのだ。

敵陣地の手前は、鉄条網や地雷など障害物が構築されている想定になっており、これを除去する動作をしないと前に進めない。そこで指名された者が、掩護射撃（この場合は、特科部隊などの火砲の支援があると設定）の下前進し、爆薬をつめた破壊筒を差し込んで障害物を爆破し、通路口を開設するのだ。

「突撃に、進め！」

「わあー！」

パン、パン

勇一の号令で候補生たちが一斉に立ち上がり、空包射撃をして前進を開始し、通路口を経由して敵陣に突っ込んでいった。

ドーン、パーン

状況終わりを告げる信号弾が打ち上げられ、総合演習の状況が終了した。

「状況終わり、銃点検、装具点検、怪我をした者はいないか」

全員その場に立ち止まり、空包の薬きょうを取り外し、装具の異状有無の点検を行なった。

あちこちから異状なしの声が飛び交う。

（やっと終わった、疲れたなー）

勇一は自分の動作が上手くいったのか、どうだったかは解らなかったが、昨夜からの小隊長役が終わりほっとした。かなり疲れているのはあきらかだ。

「入校以来積み上げてきた訓練成果を遺憾なく発揮し、一人の落伍者もなく終わったことに満足している。諸君の労を多とする……」

状況が終了して一時間後に全員が広場に集められ、学校長の訓示を聞かされていた。しかし候補生たちは立っているのがやっとで、五分もすると立ったまま眠り始めたのか、隣の候補生が倒れてきて勇一にぶつかった。前の候補生は左右にふらふら身体を大きく揺らしている。勇一も睡魔に襲われているが、眠っちゃいかんと自分を叱咤していた。多くの候補生が眠っているように感じた。

ガチャン！

少し離れたところで銃の倒れた音がした。

「眠るな、しっかり聞け」

区隊長や付陸曹たちが、列中に入ってきて声をかけている。

平井校長の話が終わると、二時間の休息時間が与えられ、候補生全員が強制的に仮眠をとらされた。このままで行動を続けると安全上問題があると、平井が直接指示を出したようだ。

候補生たちは二時間の仮眠の後、撤収作業をして車両に載せられ学校に戻った。

卒業、幹部自衛官任官

昭和三十三年三月十九日、勇一の同期生四百七十二名と、防衛大出の百九十四名の卒業式が、体育館で挙行された。来賓は杉山茂陸上幕僚長（士官学校三十六期）、陸幕第五部長、久留米市長など、壇上の椅子に座っている。一般大学出は四十名、防衛大出は十二名が途中で辞めていた。訳あって新たな進路を選んだのだろうが、多くは訓練の厳しさや苦しさに耐えかねたものと思われた。

卒業者全員の双肩には、横棒一本の上に桜の花が一つ付いた三等陸尉（旧軍では少尉相当）の階級章が銀色に輝いていた。

「幹部自衛官に任命されたことを光栄にし、重責を自覚し……徳操の涵養と技能の修練……率先垂範……もって部隊の団結の核心となることを誓います」

防衛大出の同期生代表が前に出て、幹部自衛官の宣誓書を読むのに合わせて、任官した全員が声を揃えて、最後の誓いますというところを復唱した。

まさに身の引き締まる思いである。

（いよいよ俺も青年将校になった、出来る限り頑張ってみよう）

勇一は二ヶ月前、伊藤区隊長からどの職種（普通科、特科、機甲、武器、通信など）で、何処の部隊を希望するのかと訊かれたとき、普通科で善通寺駐屯地と応えた。

それは郷里の香川県で実家高松に近く、旧軍で父が入隊した歩兵連隊（今は第十五普通科連隊）があるからだった。

父・甚十郎も、旧軍の第十一師団隷下で善通寺にあった第十二歩兵連隊に勤務していた関係から、自衛隊に入る前に家族と話し合って決めていたのだ。是非にも将来は、善通寺の連隊長になってもらいたい、それを楽しみにしているのだと勇一に言った。

だから勇一は他人には言わないけれど、最後には第十五普通科連隊長になって、善通寺の駐屯地司令になることを目標にしていた。

普通科職種は旧軍で言う歩兵部隊で、文字通り歩くこと、すなわち自身の体力が基本戦力といえる。同期生たちは事前に良く調べて、車両など装備の多い武器科や通信科を希望する者が多かったが、勇一は子供の頃から体力には自信があり、父の後を継いで、善通寺の連隊長になることとだったので、考えを変えることはなかった。

「おまえの性格や体力からして、普通科はぴったりだ。努力すればお前なら連隊長になれる。お父さんの後を継ぐ意志も立派、頑張れ」

つい話に夢中になった勇一は、心に閉まっていた第十五普通科連隊長になる夢を区隊長に洩らしてしまった。

しかしそれ以前に伊藤は、勇一が他の職種を希望しても普通科に行かせようと考えていた。勇一の入隊以来の成績は上位で素質もよく、努力次第では充分連隊長になれる男だと思っていたからだ。その心配もなく勇一から普通科希望と聞くと、つい口元に笑みを洩らした。

どうも善通寺に行く者は、今度の卒業生のうち防衛大出から二人、一般大出から六人が配属になるようだった。

将来の出世を望むなら、絶対数の多い普通科か特科（旧軍の砲兵）か機甲科（旧軍の戦車兵）だという噂は、候補生たちの間でも聞こえており、自分にとってなおさら都合がいいと、勇一はほくそ笑んだ。

卒業式の翌日、高松の実家に帰ると、まず座敷に行って仏壇に手を合わせ、無事卒業したことをご先祖さまに報告した。こうすることが、小さい時からの田山家のしきたりだった。

「善通寺に来れてよかったな」

父・甚十郎が頬に泪をこぼしながら言った。旧日本陸軍の兵士から下士官として十七年間、軍隊生活で苦汁を味わってきた甚十郎にとって、陸軍少尉の階級章はとても手に届かないものだった。息子が肩に付けているものは、まさに自分の夢が叶ったような心境になっていた。母のヨシも同じ気持であろうか、嬉し涙を拭いていた。

甚十郎とヨシは終戦後しばらく、兵庫町で八百屋と雑貨屋をしていたが、店が手狭になったので、もう少し広い場所がないかと捜していたところ、ちょうど瓦町の角地が売りに出されていたので、そこに移って八百屋を開くことにした。兵庫町の土地を四菱銀行が高く買ってくれたのも幸いした。

十日間ほど自宅でくつろぐ合間に、甚十郎と一緒に金刀比羅さまにお参りした帰り道、弘法大師生誕の地、五岳山・善通寺と、近くにある弘法大師が身を投じて天女に助けられたという伝説の山、我拝師山《がはいしやま》・出釈迦寺《しゅっしゃかじ》にお参りした。これからの部隊生活が順調であるよう願った。子供の頃から父母に連れて来られたり、学校の遠足などで何度も来たりしているのだが、お参りするたびに心がすっきりする感じがいい。

「部隊経験を重ねて一つ一つ階級が上がっていくのだろうが、くれぐれも怪我と病気をしないよう気をつけることだぞ」

甚十郎は自分の経験から、戦死はもちろん、怪我や病気で退役していった旧軍将校を数多く見ているので、勇一にはそうなって欲しくない思いを伝えた。

「うん、大丈夫だよ。善通寺駐屯地でどのくらい勤務できるか解らないけど、転勤しても必ず連隊長になって帰ってくるよ」

白い歯を見せて、力強く言った。

部隊勤務が始まる

四月二日午前九時、勇一は善通寺駐屯地の門をくぐった。

「ご苦労さまです」

正門の脇に立っている一等陸士(旧軍の一等兵相当)の歩哨が、銃を立てて右手を水平にした敬礼で、大きな声を出した。少し歩いて警衛所の方を見ると、警衛司令の二曹の隊員が立ち上がって、挙手の敬礼をしたので、勇一も答礼をして通り過ぎた。

「待っていたぞ、そこに座れ」

三等陸佐(旧軍の少佐相当)の階級章を付けた第三中隊長の坂田に正対して勇一が号令をかけ、同期の二人で着任の申告をすると、応接用のソファに座るように言われた。もう一人は徳島大学出身で、スマートな体形の色白な後藤という者だった。

坂田は旧陸軍士官学校五十五期で、勇一を一回り大きくした身体に、濃い眉毛の下の眼に鋭さを感じた。今回連隊に配属になった八人のうち、一人ずつ防衛大出は一中隊と二中隊に、一般大学出は一、二中隊に各一名、三、四中隊に各二名が配置された。

「防衛大出は四年間多く鍛えられているから、期待されるのは当然だろうが、おぬしたちも彼らに負けないよう頑張ってくれ」

がっしりした勇一の体形を見ると、こいつは普通科向きだ、期待できそうだと快く思ったのか、笑いながら勇一の方を見てうなずいた。

自衛隊というところは、同期生であっても、すでに順番が付けられている。勇一は賞をもらえなかったが、防衛大出を含む卒業生六百六十六名の中で、五十五番の順位になっていた。

つまり現在の順位では、防衛大出が二百名近くいるのだから、結構いい位置にいるということだ。

幹部候補生学校の区隊長から、善通寺駐屯地に防衛大出が二人、一般大出が六人行くようになっていると聞き、一般大出組はお互い顔を合わせて卒業前に一度団結会と称して飲んだが、防衛大出の二人とは何となく気が引けて話さえしていない。

幹部候補生学校卒業時の陸幕長や第五部長など来賓の祝辞は、誰もが防衛大一期生の自衛隊幹部としての船出を歓迎し、大いに期待する内容が多く、何となく一般大出身者のやる気を削がれた感じを受けたのは事実だった。新聞やラジオなどマスコミが何度も報じるので、止むを得ないところもある。

だから中隊長の坂田三佐の激励は素直に受け取り、防衛大出に負けないよう頑張ろうと思った。

「中隊長、新着任幹部を連れて連隊長室に行ってください」

中隊の先任陸曹、山口一曹が部屋に来て坂田に告げた。

坂田は話を中断して、すぐに勇一と後藤を連れて連隊本部に急いだ。勇一たち八人が、連隊長に申告するようになっていたのだ。

連隊本部の応接室に行くと、人事担当の第一科長という一尉が、八人を並べて申告の要領を説明した。てっきり一、二、三、四中隊の順番に並ぶかと思ったら、勇一は右から二番目に並ばされた。右は中村という防衛大出で号令をかけるという。もう一人の防衛大出の前田は勇一の左に並んでいた。つまり八人の現在の序列だった。

「防衛大出の部隊配置は初めてで、四国のマスコミも注目している。君たちの前途は揚々であろうが、期待に応えられるよう頑張ってくれ。部隊勤務の経験を如何に身に付けていくか、その努力の積み重ねが自衛隊幹部として大成するのは間違いない。一般大出の君たちもこれからが勝負だ、防衛大出に負けないよう自学研鑽、自分を叱咤して頑張るよう」

二代目連隊長の肱岡一佐は、士官学校四十二期で終戦時は陸軍中佐であった。坊主頭で彫りの深い精悍な顔つきをしており、近寄りがたい感じがした。

旧陸軍士官学校出身の人たちは、おそらく防衛大学校がそれに準ずるものと考えているのだろう、話をしながら見ている肱岡の顔は、ほとんどが防衛大出の二人に注がれていたように思えた。

今回任官したうちの一般大出の同期にも、旧帝国大学を引き継いだ大学出身者が数十人いるのだが、多くは戦後に作られた公立や私立の大学出身者だ。旧陸軍士官学校は、東京帝大に行くか、でなければ海軍兵学校に行くかと言われたほど、レベルの高い学校であったのは間違いない。プライドの高い軍人の彼等には、一般大学を低く見ているのだろう。幹部候補生学校に入校以来、多くの幹部自衛官が、勇一たち一般大出に接する態度は、防衛大出の付けたしぐらいにしか思っていないように感じる。一曹、二曹の旧軍経験者でさえも、軽んじる気配を感じさせた。たしかに勇一の同期の中でも、あまり規律やきまりを意識しないで、思いがけない発言や行動をして、上司や先輩に注意を受けていた。

経験が浅くて慣れていないことと、柔軟すぎる思考から行なうのだろうが、そのような軽率なことが幹部らしくないとか、だらしがないなどと思われてしまうのだ。

そんなとき、追い討ちをかけるように、大谷という同期が前夜飲み過ぎたのか、出勤時間に遅れて営門を通過したという失態が、部隊の間に広まった。

大谷は独身でアパートに一人で住んでいるので、気がついて慌てて出勤したが、間に合わなかったらしい。

「一般大出は、未だ自衛官になりきっていない。中隊長はしっかり指導しろ」

大谷もそうだが、上司の中隊長にまで厳しいお叱りが連隊長からあった。そして防衛大出は使えるが、一般大出は使いものにならんぞと、肘岡は中隊長たちに言った。

三中隊長の坂田は、渋い顔をして中隊の隊舎に戻ると、幹部全員を集めて連隊長の話を伝え、気を引き締めるよう念を押した。

(頑張って成果を見せるしかない、今は何を言っても無駄だろう)

大谷の行動にがっかりしたが、一般大出のみんなが、しっかりと実績を作って、認めてもらうしかないと思った。

新着任幹部教育は三日間、連隊でまとめて駐屯地内施設、歴史や環境、周辺の名所旧跡、連隊と駐屯地の年中行事などについて、各担当の科長もしくは幹部から、説明を受けた。

驚いたのは旧善通寺部隊の第十二歩兵連隊が第十一師団（司令部は丸亀市）隷下で、初代師団長が有名な乃木大将だったことは子供のころ甚十郎から聞いてはいたが、資料館で写真や遺品に接したことで一層感動した。おそらく父もこの駐屯地に配置されたとき、同じ思いをしただろう。

その後二週間ほどすると、すぐに幹部初級課程を受けるため、普通科、特科、機甲科職種の教育を統轄する富士学校に、勇一は前段組四人の内で入校した。残りの四人は前段組が終わった後、八月に入校するようになっていた。

ここでは初級幹部としての普通科職種の基礎教育を三カ月間受ける。主としては幹部候補生学校で学んだ訓練を復習しながら、小隊長の立場としての判断・行動を演練するものだ。つまり小隊三十八人の管理・指揮、中隊長への報告・意見具申の要領など、二十三、四歳の青年が、いきなり多くの仕事をしなければならない義務と責任の重さに、自衛隊幹部という立場の厳しさを自覚させられるのだった。

その年の九月、連隊の銃剣道大会（小銃に見立てた木銃で相手と突き合い、効果ある突きをした方が勝つという競技で、自衛隊特有のもの）が行なわれた。各中隊精鋭二十五人の選手を出して戦わせ、勝ち数の多い方が勝ちとなる競技である。二十五人の中には幹部三名、陸曹十名、陸士隊員十二名と枠が決められていて、着隊早々、幹部の中に、勇一が参加するよう先輩幹部から指示を受けていた。幸か不幸か同期の後藤は富士学校に入校するので選手にはなりえない。中隊長はチームの大将であり、最後に出るようになっている。

勇一は幹部初級課程を終えて中隊に帰ってくるや早速、連日銃剣道猛者の陸曹に引っ張り出されて特訓を受けた。銃剣道は幹部候補生学校入校以来、体育課目の中にあって数十時間をこなす。卒業前に全員、連盟の昇段試験を受けて、初段の免状をもらった。小田のように自衛隊で既に練度が高い者は、二段とか三段を受けて免状をもらった者もいた。

幹部候補生学校では、部隊のように実戦的な練習ではなく、基本動作を体得するのが主であったので、五段錬士だの教士などの肩書きを持つ猛者から見れば、ひよこと同じで、何度やっても一本も取れない。勇一が教わる内容は、なるほどという高度の技で感心せざるを得ない。

隊員たちは中隊対抗の競技会となると、どの種目(持続走、射撃、銃剣道など)でも負けてはならないという意識がすさまじい。だから銃剣道大会に勝つことは、中隊の団結強化と隊員の士気高揚に及ぼす影響は大きく、誰もが何としても勝ちたいという気持になっていた。

優勝すると勝利の証として優勝旗や優勝看板が、中隊の本部前に堂々と飾られる。その数が多いほど部隊の精鋭度を表しているわけで、隊員たちにとっても自慢になるのだ。

二百人近い中隊の中に幹部は八~十名ほどしかおらず、しかもそのうちの二、三名は教育を受けるため、学校に入校しているのが実態だ。

中隊本部を取り仕切る旧軍あがりの池田一尉は忙しくて練習する暇はなく、その下の訓練幹部をしている先輩の守屋二尉と勇一が選手になっていた。中隊長は旧軍以来の経験者なので、それなりの実力が備わっているのだが、立場上練習の余裕はない。

つまり中隊長が出る前に勝負をつけるのが、選手に課せられた使命だった。

毎日十五時になると選手が集まり、二時間みっちりと練習するようになっている。勇一に何としても一本を取らせたい猛者の錬士たちは、残留させて個人の特訓をしていた。お陰で試合が近づいた頃になると、一度も勝てなかった中堅の陸曹相手に、三本のうち一本が取れるようになってきた。自分でも上達しているのが解る。

試合は一本勝負なのでやってみないと判らないが、一本でも取れるという自信がついてきたので段々とやる気がでてきた。

「行け、田山」

「中村三尉、負けるな」

中隊対抗の銃剣道大会の日、四勝を上げている一中隊と三中隊の戦いの場になっていた。勝ったほうの中隊が優勝であり、応援する隊員たちにも気合が入っていた。

一〜四のナンバー中隊の他に、百七ミリの重迫撃砲を装備している重迫中隊と、連隊本部の指揮所の運営や給食・燃料補給などを行なう本部管理中隊の、六個中隊での戦いだ。

これまでの勝ち数は、一中隊が十本、三中隊が十二本で、三中隊が勝てば優勝が決まるので一中隊は絶対に負けられない勝負だ。あと二人残っているが、これまでの戦いの状況からすると、一中隊の中隊長と副将の五段錬士の訓練幹部は断トツに強く、三中隊の隊員たちにとっては、勇一に託する思いが大きくなるのは当然だった。

これまで何度となく勇一と中村は、接近して木銃を突き出していたが、お互い剣が外れ、上手く決まらない状態を繰り返していた。二人の息遣いが荒くなっている。

(中村だけには負けられない)

中村はこれまでの試合は全勝で、勇一は三勝一敗だった。だが、どちらも負けられない思いはあきらかだ。

「田山、剣をまっすぐ出せ」

「中村、右手を上げて突け」

両中隊長ともに興奮して隊員に交じって一緒に応援している。

「やぁー」

「えいっ!」

二人がその後、何度目かに接近して木銃を突き出したそのとき、三人の審判のうち赤旗が二本、白旗が一本同時に上がった。つまり僅差の勝負だ。

「それまで、赤の勝ち」

主審が背中に赤い紐をつけたほうの選手に手を挙げた。

「わあーっ、やったぞ」

三中隊の隊員に喚声が上がった。勇一の背に赤い紐が付けられている。三中隊の優勝が決まった瞬間だった。

「よくやった！」

礼をして引き下がると、中隊長の坂田が近寄って勇一の肩を軽く叩いた。勢いに乗った残りの試合は、副将は敗れたが、坂田が頑張って一本を取った。

「十四対十一、三中隊の勝ち」

審判が三中隊の優勝を宣告した。三中隊は、四回目にして悲願の優勝を果たしたのだった。

「わっしょい、わっしょい」

すぐに選手や隊員たちが、中隊長の坂田を取り囲んで胴上げを始めた。誰もが笑っているものの、目には泪がこぼれていた。中隊長の胴上げが終わると、坂田が田山を揚げろと声をかけたので、隊員たちは勇一を取り囲んだ。勇一が中村から取った一本こそ、勝負の山だったことをみんなが知っていたからだ。

その夜は祝勝会と称して、市内の料理屋を貸し切り、中隊長を囲み全隊員で、杯を酌み交わすことになった。

(勝ててよかった、俺も特別強いわけでもなし、金比羅さまが勝たしてくれたのだ)

しみじみ運が良かったと思い、次の休みに金刀比羅宮にお参りに行こうと思った。

勇一は何かあるごとに、金比羅さまにお参りをしている。高校、大学を受験するときも願掛けをした。もちろん幹部候補生を受験したときもそうだった。そうしていると、何となく金比羅さまが自分を護ってくれているように思えた。

だが、十一月に実施された中隊対抗の駅伝形式の持続走大会では、かなりの距離をリードして襷を受け取って走っていたのに、後ろから来た中村と前田に追い越されてしまった。結局中隊は三位に終わり、頑張ってきた若い隊員たちに、申し訳ない気持でいっぱいだった。短距離は、まあまあ人並みに速く走れるのだが、千メートル以上になるとからきしだめで、自衛隊の体力検定でも、千五百メートル走の種目がやっと六分そこそこなので、一級を取れないでいる。

今回も選手要員になって、中隊に配置されてから暇さえあれば走って練習をしているのだが、さっぱり速く走れない。がっちりした体格で足も腕も大きいので長距離には向いていないのは確かだろう。

どこの中隊も先輩の幹部たちは職務上、みな忙しい人たちばかりだから、つい勇一たちのような新米幹部が総ての競技に借り出されるのだ。

(これでは金比羅さまも味方をしてくれるはずがない)

こと持続走だけは、あきらめざるを得ない。

小隊長の結婚

明けて四月一日、正式に第三小隊長の辞令を受けた。

小隊長になると、三十七名の部下ができ、小隊長、第三小隊長と中隊長をはじめ、隊員たちから呼ばれるのは、田山三尉と呼ばれるより気分がいい。

(俺は自衛隊の指揮官になったのだ)

若干二十五歳にして長の付く地位を得たのだから、悪い気はしない。

しかし三十七名の部下の中でも、小隊陸曹、各班長などの陸曹たちはほとんどが年上である。しかも陸士(士長、一士、二士を総称して陸士と呼称)の中には三十前後の者もいて、複雑な年齢構成の組織をまとめて、いざという時に小隊の力を発揮し、任務を遂行しなければならない難しさを感じていた。

中隊長から辞令をもらった時に、年齢差を克服してやりとげるのが小隊長としての難しさであり、やりがいでもある、苦労を積み重ねてこそ立派な指揮官が形成されていくのだ、しっかりやれ、と言われたのが耳に残っている。

「社会経験豊富な小隊陸曹の川越二曹を活用しろ、川越ならお前を立派に補佐してくれるはずだ」

訓練幹部の守屋二尉が一緒に飲んでいるときに助言してくれた。

川越二曹は三十五歳、隊員たちからの信頼が厚く、慕われているのはこれまで見てきた言動で勇一も理解していた。自分もそうならなければと思っていた。

五月の連休の前半に、新任幹部の任務の一つと言われる当直に就いた。隊員の事故もなく無事下番して、後半の三日間の連休をゆっくりしようと高松の実家に帰った。

「お前も今度の十一月には二十六になる。将校がいつまでも一人でいるのはみっともない、身を固めろ。母さんの友達に三つ下の別嬪さんがいる、女学校を出て、字も上手いし裁縫もできる。俺も一度見たけれど中々の器量よしだ。明日、高松旅館で相手のご家族と一緒に食事をすることになっている」

甚十郎はそう言うと、これが写真だと勇一に見せた。

卵形の目鼻立ちがはっきりした色白の美人だった。だが勇一はいきなりの話に何と応えてよいか解らなかった。確かに二十六にもなって、一人でいるのは小隊長としてはよくないと感じていた。

「母さんはどう思う?」

つい母ヨシに意見を訊いた。

「勇一がいいのであれば、何も言うことはないよ。タケさん夫婦もいい人たちだから」

タケはヨシの友達で、行きつけの美容室で知り合ってから、たまに一緒にお茶を飲んでいるという。

「解った、本人に会ってから決めるよ」

写真と実物の差がありすぎて、失敗したという先輩の話を思い出したからだ。

二日後に見合いをした勇一は、写真以上に美人で、すんなりとした体形に満足した。この人だと隊員に見られても、恥ずかしくないと思った。名前はとも子という。

毎年四月、中隊長以下全員で、グランドの一角の芝生の上に茣蓙を広げて、恒例の花見会が催される。既婚者は家族も連れてくるようになっていた。

今春、訓練幹部の守屋二尉の奥さんを見たとき、きれいで格好いいと思った。だから勇一はとも子を見たとき、これなら優るとも劣らないなどと考えてしまった。

「それでは後日、改めてご返事をさせていただきます」

お互いの家族の立場もあり、その場で嫁に下さいという訳にはいかず、一応形式上保留ということにして別れた。

それでも二日の間を置いて、三日目にヨシからタケに勇一の気持を伝えてもらった。とも子も勇一を気に入ったとのこと、縁談はとんとん拍子にまとまり、来年四月に結婚式を挙げるという段取りで進められた。

翌昭和三十五年四月二十九日、天皇誕生日の祝日に合わせて、高松市内の石清尾八幡宮《いわせお》で勇一と、とも子の結婚式が執り行なわれた。

仲人は副連隊長で士官学校四十六期の佐藤二佐だ。連隊幹部の結婚式の仲人は、連隊長にお願いするのが通例のようだったが、連隊長に別の用事ができて都合がつかず、副連にお願いした。

この日は朝から小ぶりの天気だった。しかし式が始まる昼前には止んで、来賓の祝辞にも雨降って地固まるということわざを引用していた。

新婚旅行は、とも子が高校時代に修学旅行で行った奈良・京都をもう一度、という希望を聞き入れて、それぞれの宿に一泊ずつした。勇一は和歌山の高野山にもと思っていたけど、日程のやりくりがどうしても一日取れず、次の機会に行くことにした。

三日目の夕方、新婚旅行を終えて高松の実家に帰った。

翌日、両家に挨拶をした後、あらかじめ準備していた善通寺の借家に行って、これから二人が暮らしていくための必要な日用品や食料品などを買った。

五月の連休明け早々、四泊五日の中隊の演習が饗庭野《あえばの》演習場で実施され、とも子は一人で家を守ることになった。

出発の前日、勇一から心細いのであれば、実家に帰ってもいいぞと言われたが、やせ我慢をして何とか一夜を過ごした。しかし一晩中不安でほとんど眠れずに、次の日は勇一の実家に行った。

「別に幽霊が出てくる訳でもなし、しっかり鍵をかけておけば大丈夫じゃ。将校の嫁となったからには、少しは辛抱せんと他人に笑われてしまうげな、まあそのうち慣れてくるじゃろうが、わっはははっ」

甚十郎は晩酌の杯に、とも子から注いでもらいながら笑った。

「どうもすみませんでした。頑張ってみます」

翌日昼過ぎに家を出ると、とも子は汽車に乗って善通寺の借家に戻った。

勇一が明後日帰ってくるというので、家の中をきれいにしてお風呂を沸かし、大好物の刺身を買ってお酒を準備しておこうと思ったからだ。汽車に乗ると一晩ではあったが、実家に帰ったことを悔やんだ。でも勇一の父母が暖かく優しく接してくれたことが嬉しくて、他人に見られないように涙を拭いた。

演習だの戦闘訓練だの、銃剣道だのと、勇一がとも子に内容を説明してくれるのだが、具体的にどんな行動をしているかはよく解っていない。穴を掘ってテントを張って寝るとか、飯盒で米を炊くとか言っても、学生時代のキャンプのイメージしか描けず、勇一が笑って話をするので、とも子には、なんだか楽しそうにしか思えなかった。

七月になると週末の土曜日に、勇一の部下という人たちが十人ほど来て、奥さんはきれいですねとお世辞を言いながら、夜八時ころまで飲んで騒いで帰っていった。勇一を隊員さんたちが小隊長、小隊長と呼んで、酒を飲みながら演習がどうだった、中隊長はどうだとか仕事の話をしているけれどよく解らない。でも、満足そうに対応している夫を見ると、とも子も嬉しく感じた。

接待は次の土曜日、その次の土曜日と四回続いた。天気がよければ外でバーベキューをして、雨が降れば狭いながらも、二部屋を開放して酒食を振舞った。

「お金が足りないのではないか？」

さすがに四回目の時は勇一も心配になって、とも子に訊いた。

「何とかなりますわ」

勇一から預かったお金は残りわずかだったけど、自分が持ってきたお金を使おうと考えていた。

「これを使ってくれ」

そう言うと勇一は、五千円をとも子に渡した。勇一の月給は九千八百円だ。それなのに小隊の人たち三十七名を招待して、飲食させるとは何を考えているのか、この先に不安を感じるのは当然だろう。お酒の方は、隊員さんたちが手に持ってくるので足しになったが、何せ年頃の若い青年ばかりで飲む量、食べる量が半端ではない。

「いつもという訳ではない。今回は特別のこと、我慢してくれ。美味しい料理を造ってくれてありがとう」

最後の招待宴が終わると、勇一はとも子の労をねぎらった。

勇一の話だと、上司の中隊長になれば百人近くの隊員を家に呼ぶのだという。だから幹部の奥さんたちは、手伝いに借り出されるのだという。そのうちとも子も行くようになるだろ

う と言った。

いざという時、お国のために命をかけて戦う場合を考えると、中隊という一つの組織に、家族のように強い連帯感や親近感を持たせることが重要なのだと、上司や先輩に幾度となく聞かされていた。

旧軍時代には中隊長は中隊の全員に、連隊長は連隊の全兵士に飲食させても、余裕のある俸給が付与されていたからだと、連隊幹部の宴席で、旧軍出身の年配の一人が勇一に言ったことがあった。今はそれほど多くは支給されていないが、考え方だけは残っているのだろう。だから甚十郎が勇一の俸給額を知った時、そりゃ少ねえげなと言ったのが解った。旧軍では将校と下士官では、階級的な取り扱いはもちろんだが、俸給においても格段の違いがあったのだ。

三尉になりたての新任幹部は、富士学校での幹部初級課程や幹部偵察課程、レンジャー課程、その他、車の運転免許を取得するための教育などに追われ、ほとんど原隊におらず、所属は名目だけの感が否めない。

そんな合間をぬって、四月にとも子と結婚をしたのだが、新米の小隊長として一年が過ぎると、どうやら小隊長の職務が板に付いたと思えるようになった。

そして七月一日、桜が一つ増えて二等陸尉(旧軍の中尉相当)に昇任した。このころになると、仕事に慣れ、連隊内にも顔が利くようになり、毎日が楽しくてしようがないほどの気分になった。

伊丹駐屯地に異動

ところが、昭和三十五年八月一日の定期異動で勇一は、新しく編成予定の第三十六普通科連隊編成基幹要員として伊丹駐屯地に転属することになった。同期の防衛大出の中村と、他同期の二名も一緒に異動した。

この年一月十四日に中部方面隊が編成され、第三管区隊がその隷下に入った。中央で陸上自衛隊組織の編成を、如何にするかが検討されている時期で、翌々年の八月に十三個師団が編成されるという。

伊丹に来てみると勢力は半数に満たず、正規の普通科連隊の編成途上だった。とりあえず連隊長以下各部隊の指揮官要員、連隊本部と本部管理中隊、四個普通科中隊及び重迫撃砲中隊の本部組織らしきものが編成されたのだろう。中村は第一中隊の小隊長要員、勇一は第二中隊の小隊長要員に、他の同期二人も別の中隊の小隊長要員だった。

善通寺を離れたくなかったが、転属は幹部自衛官にはつきものらしく、父・甚十郎からも、将校は偉くなる者ほど異動するものだと何度も聞かされていたので、勇一もとも子も心の準備はできていた。

その後も引き続き、編成要員が各部隊から続々と集まり、本来の定数に合わせるように追加補充されて、各指揮官は配属隊員の掌握に追われた。

昭和三十七年一月十八日、旧第七普通科連隊（福知山）の三分の一の部隊と人員を基幹として、第十五普通科連隊、第三管区総監部付中隊、第三通信隊の一部などを集め、第三十六普通科連隊の編成を完結した。初代連隊長は池ノ上一佐（士官学校四十九期、終戦時少佐）で、精悍な顔つきの人だった。

さっそく新編普通科連隊として、機能を発揮すべく運用が開始された。勇一は小隊長になり善通寺の時と同じように、隊員を自宅に呼んで酒魚を振舞った。とも子には手間を取らせるが、手っ取り早い隊員との接近法だと思っている。

半年後の八月には、陸上自衛隊が十三個師団編成となり、第七普通科連隊、第三十七普通科連隊（信太山）、そして勇一が所属する第三十六普通科連隊が第三師団の隷下になった。

師団長は東京帝大出身のエリート、山田正雄陸将だ。

半年ほどすると、勇一は小隊長を下番して中隊本部の訓練幹部となり、中隊の教育訓練全般を運用する立場になった。副中隊長を兼ねている訓練主任の小林一尉に直接指導を受けるのだが、小林は旧陸軍経験者（叩き上げの少尉だった）で、中隊長の石橋三佐（士官学校五十八期、終戦時少尉）より三つ年上だ。勇一が挨拶に行くと、お前のやる気と個性を重視する、お前に任すのでやりたいようにやってみろ、と言われた。任せると言われれば、勇一の性格からなおさら、中隊長や訓練主任に恥を掻かせるわけにはいかんと思った。

訓練幹部の仕事は、一年二カ月後に富士学校での幹部上級課程（幹部の義務教育課程）に入校するようになっているので、勇一にとっては入校前の実践的教育の場でもあった。

年間を通じて中隊の行事や訓練を、計画・実行しなければならず、訓練では本格的に他の中隊と成果を争うしくみになっているので、気を休める暇がないほど忙しくなった。初めての職務では何もかも上手くいくはずはなく、銃剣道大会は三位、持続走大会は四位とふるわなかった。

通常だと新編部隊は、当初の一年目は訓練検閲を実施しないことが多いのだが、一日でも早い態勢の確立、という池ノ上連隊長の鶴の一声で、来年の一月下旬から二月にかけて饗庭野演習場において順次、中隊の検閲が計画された。

編成してわずか五カ月ほどの期間しかなく、各中隊は競うようにして野外訓練にいそしんだ。あちこちの部隊から人員を集めているため、これを如何に有機的に動かして、成果を出すかが問われるのだが、非常に難しいのはあきらかだ。

検閲評価の可否は、中隊隊員の士気に与える影響が大きく、中隊長としてもよりよい評価を得るために、自ずと気合が入っていた。

おっとりしていた小林一尉も頻繁に、現場に顔を出すようになった。

訓練は隊員個人の各個の動作から始まり、班訓練、小隊訓練を反復演練して練度を上げ、最終的には状況下での中隊訓練(重迫撃砲小隊との連携を含む)を総合的に演練して検閲に臨むのである。

中隊本部では連隊本部(長)から命令を受領した後の行動、すなわち、与えられた任務を分析し、如何にして遂行するかを検討して、作戦計画を作成、命令下達して実行させる一連の行動を、仮の想定に合わせて図上演習を繰り返し行なった。

そこには情報収集、他部隊との調整・協力など幅広い検討・判断事項が山のようにあり、勇一にとっても解らないことばかりだったが、何度かやっているうちに段々理解できるようになってきた。

検閲で示した状況下での隊員、小隊、中隊の行動を見て、総合的に連隊長が評価するのだが、結果的にはどの中隊も同じ「おおむね良好」という講評をもらい、関係者たちは胸を撫で下ろした。

連隊長にしてみれば、短期間で寄せ集めの人員を組織的に動かすことに不安を感じていたようだったが、事故なく安全に各中隊が頑張ったのに満足したようだ。

第二中隊として、他中隊に優るものがなくて年度を終わるかと思っていたら、二月末に実施された連隊の射撃競技会で、優勝の栄冠を勝ち取り、中隊長以下隊員一同、面目を保ったと喜んだ。中隊先任陸曹で特級射手の木村一曹の教えが良かったのだろう。

新しい年度が始まる四月、勇一は連隊本部に派遣されて第三科長（教育訓練担当）の仕事を手伝うようになった。ライバルの防衛大出の中村は、これまで半年間連隊本部で勤務していたが、この四月から富士学校の幹部上級課程に入校したのでその後釜だった。この勤務は中隊長の仕事を大局的に見て覚えさせるためのもので、十月からの幹部上級課程入校の布石にもなり連隊長の親心でもあった。

七月一日、勇一は一選抜で一等陸尉に昇任した。防衛大一期の中村と前田も昇任した。同期の者は全員かと思っていたら、連隊長に申告するとき三分の一ほどだったので驚いた。幹部候補生学校、幹部初級課程の成績や部隊勤務を評価された結果だという。まさに甚十郎が言っていた、同期での出世競争の始まりだった。

十月から予定通り、富士学校普通科部での幹部上級課程学生として、六カ月間の教育を受けることになった。収容施設の都合で中村たち防衛大出の百名と一般大学出身者の七十名は、四月から九月に前段組として入校し、今回、勇一たち一般大学出身者の百七十名が後段で入った。教育内容は前段組とまったく同じだ。

まだ同期学生の三分の二が二等陸尉のままだったが、幹部候補生学校同期という間柄、お互い意識することなく、階級を呼ばずに姓のみで呼び捨てている（昇任していない残りの同期は、翌年の一月に半分が、七月に全員が昇任した）。

指揮幕僚課程を目指す

幹部上級課程は師団の戦術行動、主として攻撃、防御行動を装備の多少や部隊の大小など状況を変化させて、地図上(図上戦術)や実際に現地を踏破させて(現地戦術)学生に考えさせる教育で、解りやすくするために、旧日本軍の戦闘・戦術行動を参考にして、戦史などを学ぶ課程だった。

この教育課程を終えると、指揮幕僚課程(略してCGSと言う)を受験する資格を得、合格者は八月から二年間、幹部学校に入校することになる。

旧軍の陸軍大学相当という人もいるほど難しい試験で、よほど努力しないと合格しない難関だった。CGS課程を終えると、定年までには一等陸佐が保障されると言われるので、受験者にとっては魅力的だ。

(防衛大出と張り合うには、CGSの試験に合格するしかない)

勇一の胸中は、すでにCGSに入ることが、絶対という強い自覚を持っていた。それが善通寺の連隊長になれるものだと確信していた。

だから今学んでいるこの幹部上級課程においても、教官の話をしっかり聞き、各種教範の内容や意味を覚えるために、夜遅くまで勉強した。そのような考えを持っている者は学生の三分の一はおり、お互い将来の出世を夢見て頑張っているのだ。

特に一選抜で昇任した者と、洩れた者でも逆転の闘志を燃やしている者が半分ほどいて、彼らは今から真剣な気持になっていた。

だが一般大出の特徴ともいえる、きびきびした動作に欠けるのんびり型の者も多く、教える側にしてみれば、いま一つ力が入らなくなる要因でもあった。

（しっかりしろよ、だが俺の相手は防衛大出だ。負けるものか）

一般大出ののんびり型の態度をみると、苛立ちを感じるのだが、それをいちいち気にしていたのではやっていけない。相手は防衛大出のみならず同期のやる気のある者がライバルなのは間違いないことで、勇一自身に闘争心がみなぎっていた。

既婚者の中には家族を帯同した者もいたが、入校前、上司や先輩から本課程が極めて大切であるのを聞いていたので、勉強に集中しようと単身で入校した。

二人の男の子が三歳と、一歳にもならない乳児だったので、とも子を高松の実家に帰して面倒を見てもらうことにした。

明けても暮れても、戦術や戦史の勉強ばかりだった六カ月の教育が終了し、三月二十六日、勇一は伊丹の第三十六普通科連隊に原隊復帰した。

とも子は三日前に伊丹の借家に戻って、勇一の帰りを待っていた。たった三カ月ほどの別れ（年末年始休みに一度帰省）だったのに、子供たちがずいぶん大きくなったように見えた。

幹部上級課程を修了して連隊に戻ると、今度は派遣ではなく本職として、連隊本部の第三科長・田中三佐の下で訓練幹部の業務が待っていた。訓練幹部は同期の中村ともう一人、二期先輩の山口大学出身の岸本一尉との三人だった。

「三人にはこれまでどおりの仕事をやってもらうが、新たな任務を一つ付加する。それはしっかり勉強してCGSの試験に合格することだ」

CGSの受験資格は三十五歳までなので、当然岸本も対象だ。

三科長の田中は、九州帝大出身で勇一より六つ上の先輩なので、既に受験資格はない。だが優秀なのであろう一選抜で三佐になっていた。警察予備隊の頃に入隊し、背丈は百八十センチ近くあって横幅も大きく、柔道五段の腕前だという。西郷隆盛に似て一見恐そうな感じの人だが、温厚でざっくばらんな性格は連隊長の受けもよく、本部の隊員たちから親しみをもたれていた。

連隊の中から陸上自衛隊の最も難しいとされる試験に合格して、CGSに入ることは名誉であり誇りでもある。いずこの部隊長も望み、期待しているもので、おそらく連隊長が田中に言ったのだろう。

一般大出の幹部の多くは、なかなか一般社会人の癖が抜けきれず、自衛隊員としての言動で連隊長や中隊長などの旧軍出身者の上司からみると、頼りないものを感じているのは確かで、よく将校らしくないとか、情けないなどという陰口を耳にする。その都度、勇一は残念に思う反面、自分一人でも頑張って、そういう感想を見直させたいと思っていた。

一選抜で一尉に昇任した中村と勇一は、同期の中では優秀な部類にいるのは確かだろう。上司は同じ状況において二人を競わせることが、いい結果を生むと考えているようだ。

（何としても、ＣＧＳに入らなければならない）

さっそく勇一はＣＧＳ試験の合格を目指して、本格的な勉強を始めた。仕事の帰りは午後七時から八時ごろになったが、家に帰ると風呂に入って夕食を済まし、すぐに机に向かい、寝るのはいつも十二時を過ぎていた。

朝は六時に起きて七時には部隊に出勤し、当日の予定を頭の中に整理した。八時の朝礼時には科長に、本日やるべき内容を報告するようになっていた。訓練幹部の仕事自体が、試験内容と似ており、やりがいがあったのは幸いだ。

田中は、訓練幹部三人の状況をみながら仕事を割り振っていた。難しい事態になって滞りそうになると、自ら乗り出して解決してくれた。だから田中の下で仕事をするのは、目が回るほど忙しいけれど楽しくやれた。指示された計画や命令などの文書を自分なりに作成して持っていくと、まず誉めてくれる。

「俺は戦術、特に緻密な計画を立てるのが不得手でな、優秀なお前たち三人がいるので助かっている。ここのところはもう少し早く出来ないか、次の準備に二、三日は必要だろうから、検討してくれ」

そう言いながらも、要所を適切に教えてくれるのは、頭の切れる証拠だ。そして必ず最後にＣＧＳを頑張れと付け足す。

連隊長や副連隊長が三科の部屋に来ると、田中は部下の一人ひとりの仕事の出来映えを披露して誉める。だから幹部のみならず、陸曹たちは自ずと張り切って身体を動かすのだ。

（科長のような人になれたらいい）

勇一は田中の言動を見て、心からそう思った。

三科の飲み会になると、田中はでんと真ん中に座って大きな身体のとおり、飲みっぷりも、食べっぷりも抜群だ。幹事が宴会のたびに連隊長のご祝儀に加え、三科長からのご祝儀だと披露しているのも田中の心配りだ。

「おい田山、たまに頭を休ませんとパンクするぞ、今日は俺に付き合え」

酒好きで大らかな田中は、勇一の労をねぎらおうと声をかけた。他の隊員たちにもそうしているようだ。

「科長すみません、二年間は一生懸命やってみようと思っていますので、お先に失礼します」

勇一は丁重に断って部屋を出た。何としても幹部学校（ＣＧＳ）に行こうという強い意思だった。善通寺時代の連隊長が防衛大出は使えるが、一般大出は役に立たんと言った言葉が脳裏をよぎった。

二月初旬、三師団隷下の部隊に所属するＣＧＳの一次受験者、百十数名が伊丹駐屯地の大会議室に集められて試験が行なわれた。試験は二日かけて行なわれるので姫路や信太山、福知山駐屯地などから来た者は泊り込みで、同駐屯地や通勤可能な近辺駐屯地の者は、家から通って参加した。

いざ試験が始まって問題を見ると、主動的防御について述べよ、と大きな紙に一行書かれている。つまり論文であり、受験生がこれまで勉強してきた知識や経験を、理論を整然として用紙に書き表すのだ。ほぼ総ての問題がこの形で、大論文は二時間、中・小論文は一時間で書き上げなくてはならない。

初めての勇一には、何となく解る気はするが、これを理論的に如何に表現するかが難しく、与えられた時間をいっぱいに使って書いてみた。しかしできあがったものは自分でも納得できるものではなかった。

四月下旬に結果の発表があり、中村が連隊長に呼ばれ一次合格を告げられた。岸本と勇一は呼ばれなかった。

(中村はたいしたやつだ。俺は勉強不足だな、あんな解答では受かるはずがない)

勇一は自分の試験結果を納得していた。

八月、中村は二次試験にも合格して、幹部学校に入校した。岸本は札幌・真駒内の第十一師団司令部に異動した。岸本と中村の抜けた後に、防衛大二期の大山と岩松という者が訓練幹部として勤務するようになった。

（次回はもっとできるように頑張ろう）

一年後の二回目の試験、勇一は努力の甲斐あって一次試験に合格した。二次試験は体力検定（百メートル走、土嚢を担いでの五十メートル走、懸垂回数、走り幅跳び、ソフトボール投げ、千五百メートル走の六種目）と、面接を受けなくてはならない。

長距離（千五百メートル）走の苦手な勇一は次の日から毎日、駐屯地のグランドを走ってタイムを測った。六分四十秒以内で走らないと級外となり、二次試験が不合格になるからだ。

仕事と勉強ばかりの毎日で運動不足は否めず、体重が増えていたので腹筋を鍛えて、走ることによって体重を減らそうと考えた。

土日・休日は家族連れだって駐屯地のグランドに行き、とも子に部隊から借りたストップウォッチを持たせて、休憩を入れてタイム測定を二度行なった。二人の息子も声を出して応援したり、一緒に走るふりをして、家族水入らずのひとときを過ごした。

練習の成果があって試験当日は、千五百メートル走を五分五十五秒と目標の六分を切ることができ体力検定は基準をクリアした。

面接では中央に一佐、両脇に二佐の階級章を付けた三人の試験官を前にして椅子に座った。すぐに戦術、戦史、部隊の業務に関することなど、全般にわたっての質問を次から次と受け、自分の考えや意見を述べることになった。

「インパール作戦について、田山一尉の思いつくところを述べてくれ」

何回目かの質問で、中央の主任試験官の佐々木一佐が勇一に訊いた。色浅黒く引き締まった身体で鋭い目を向けて、四十台前半だと思われた。

「インパール作戦は、やるべきでなかったと思います」

どう表現しようかと迷ったが、自分の考えを率直に言った。

「何、どうしてだ？」

勇一の解答に違和を感じたのか、佐々木は少し身を乗り出すようにした。

「食料や装備、そして弾薬も乏しく、とても勝てそうにない状態で、あの作戦を強行した結果はあのとおり、無残な敗北はあきらかだったと思います」

三万二千人（六万人とも言われる資料もある）もの兵士を無駄に死なせた軍司令官（士官学校二十二期）の敗戦責任は、大きいと付け加えた。

勇一は幹部になってから後、戦術・戦史を学んでいるうちに、旧帝国陸・海軍の上級将校たちのとった作戦のうち、いくつかの行動に疑問を持つようになっていた。

勝つ見込みのない戦争をズルズルと引き延ばして、多くの兵隊はもちろん、本土の国民までも爆撃や艦砲射撃などで、死に至らしめたのは何故だったのだろうか。彼ら上級将校たちは敗戦となれば、戦争責任を国民に問われて、裁かれる立場になり、とても耐えられないと考えたのではないか。

戦争は片方の国が降参という意思表示をしないかぎり、どのような状態になっていようとも続くもので、軍人（自衛官）は最後の一人になっても、勝つために戦わなければならないと、幹部候補生学校の教官が教えていたが、果たしてそれは正しいものだろうか。

いよいよになって軍部の反対を押さえ、昭和天皇が行なった玉音放送は、まさに日本を救ったものだと思っている。日本があのまま戦争を続けていたらどうなっていたのだろう。多くの国民が死に、領土さえも無くなっていたのではないだろうか。

戦争責任を感じた将軍は、終戦とともに自ら命を絶った者も多くいたが、生き残ってなお、自分たちの行動は正しかったと唱える者もいれば、黙って耐え忍んでいた者もいた。

インパール作戦を強行した軍司令官は、あの作戦は隷下の三個師団の各師団長が、命令どおりしなかったので負けた。命令したとおりやっていたら成功していたなどと、戦後も主張し続け、自己責任を回避しているような言動は理解できない。

「君は軍司令官の行動を真っ向から否定しているようだが、与えられた任務を立派に遂行しようと思慮した結果、あの作戦を強行したと思わないのか。結論をみて他人を批判するのでなく、その時の状況を全般的に見て判断すべきと思うがどうだ」

主任試験官の佐々木は、勇一の戦史に対する考え方が偏っていると指摘した。両脇の二佐は口元に笑みを浮かべながら聴いていた。

「いえ、隷下の三人の師団長が反対して更迭されたのは前代未聞のこと、冷静に意見を聞いて検討・判断すべきだったと思うのです」

本作戦が事後に及ぼした影響は、計り知れないものがあると付加した。

「田山一尉の意見では、インパール作戦においては、我々が参考となるものは皆無ということだな」

「そう思います。野外令の教範には、敵を包囲することにより殲滅できるようになっています。しかし本作戦は形の上では、敵を包囲したのに、食料も弾も体力もない兵士たちは、攻撃することができませんでした。兵士たちは、なすすべもなく息を殺して見ているほかになかったというのですから、如何に無謀な作戦だったかと言えるでしょう。それが教訓だと思います」

勇一は、自分が驚くほど興奮して喋っているのが解った。

「うむー……」

佐々木は黙って勇一の顔を見ていた。

確かに勇一の述べている内容は、よく本を読んで勉強しているのは感じられるが、事象のとらえ方が偏っている。戦史とはその事象の良い悪いを批判するのではなく、上手くいかなかったところを、どうしたら上手く行くのか、成功したのはどのようなところがよかったからなどを、客観的にみて教訓を導き出し、今後の作戦や戦闘に活用するところに意義があるのだが……。

「さらに軍人が主導して、国益のためと起こした戦争だったのでしょうが、敗戦が濃厚になっても、戦わせ続けた責任は誰にあるのでしょうか」

東京裁判で裁かれて絞首刑になったあの七人の方だけではなく、日本軍全体にあったと思うのです。当時の将軍たち全員が、日本軍を代表して責任を取るべきだと思います。気骨があり、良識のある将軍は自ら命を絶ちました。陸軍大臣だった阿南惟幾大将や特攻隊を考案した大西滝次郎海軍中将など、その人たちは責任を強く感じたからだと思うのです。生き残られた将軍の人たちこそ、国民や兵士たちに懺悔をしなければならなかったと思います。

ノモンハンの戦いでソ連軍の捕虜になった軍人たちが、戦争終結後に捕虜交換で日本に帰ったとき、将校には自決を促し、兵卒には村八分扱いをさせたにもかかわらず、いざ自分たちが戦争に負けて降服したときの態度は、何ともなさけない。

「よく解った、俺たちの大先輩の悪口を聞くに堪えられん。君の言いたいことはわかった、面接を終わろう」

勇一は立ち上がると、頭を下げて部屋を出た。勇一の二次試験は終わった。後は結果発表を待つのみだ。自分としては戦史の勉強をしながら、一つ間違えば日本という国が亡くなったのではないかと思うほど、惨敗した戦争責任を、将軍たちに取らせないままにいることが、これからの日本国の問題生起を感じていた。

「あいつ、意外と頑固なところがあるな」

勇一が部屋を出たあと、三人の試験官が感想を述べ合っていた。士官学校五十一期の主任試験官は、何となく陸軍士官学校が侮辱されたような気分になっていた。

「田山一尉の考え方も一理あると思いますね。ただ戦史としてのインパール作戦の答えとしてはうまくないですね、あの答弁は政治家か評論家でしょう」

東北帝大出身の若い方の寺田二佐が、勇一の応答がもったいないような表現をした。

「まて寺田、おまえは帝大出のエリートで将来嘱望されている。だが今のような言葉は出世を望むなら一切言わないほうがいいぞ。現将官の多くは当時、大佐、中佐で中枢部にいた陸大出のエリートの人たちばかりで、少なからず自分たちも戦争責任を感じているはずだ。心に思っても口に出さんことだ、俺は聞かなかったことにする」

主任の佐々木は、唇に人差し指を当てながら寺田に言った。

「ここは指揮幕僚課程の選抜だから、あいつの解答はゼロですよ」

陸軍士官学校五十六期のもう一人の試験官の大村が言った。寺田は、大村に何かを言おうとしたがやめた。勇一の気持は解らないでもないが、この場で言うべきことではないと感じた。もしかしたらこの面接で、田山一尉が出世コースから外れるのではと思った。

不合格、異動内示

七月一日、指揮幕僚課程学生入校者が発表されたが、勇一の名前はなかった。一年後輩の同じ訓練幹部だった防衛大二期の大山が合格した。

（一次試験の点数が、低かったのだろう。来年はもっと一次の点数を高く取って二次に望もう）

あっさりと結果を受け止め、来年こそはと心持を切り変えた。

「今年の試験は惜しいところまで行っていたと思う、第一線部隊は年中忙しくて勉強する暇がなかろう。横須賀の武山というところに、中学を卒業した男子が、全国から選ばれて自衛隊に入っている少年工科学校がある。そこの区隊長だと、試験勉強も出来そうなので頑張ってみろ」

十二月初め、連隊長室に呼ばれて翌年一月十日付けで、少年工科学校の区隊長として横須賀への異動の内示を告げられた。勇一には寝耳に水の人事で、はじめて聞く少年工科学校がどんなところで、どのようなことを教えているのか解らない。だが、全国から選ばれた優秀な子供たちならば連隊長が言うように、あまり手のかかることはなさそうだという気がした。

五年間も伊丹にいたので、勇一が異動する時期になっているのは間違いないだろう。行き先がＣＧＳの試験勉強に時間を費やせそうな職務と聞いて、関係上司の配慮に感謝し、喜んで行くことにした。

「おい小田君、俺もそこの区隊長で行くことになった。よろしく頼む」

転属先が少年工科学校と言われ、幹部候補生同期で同じ区隊だった小田がいるのを思い出し、早速電話をかけた。

「おまえはＣＧＳの一次に受かったというじゃないか、何でまた少年工科学校の区隊長なんぞに来る気になったんじゃ。区隊長は忙しいぞ」

意外にも小田は、区隊長という職務が多忙だという。

「一次合格はまぐれじゃ、連隊長からそこの区隊長のほうが、勉強する時間が取れそうだと言われたのだ。どんな状況かは解らんが、やれる範囲で頑張るつもりじゃ」

区隊長は大変な仕事か知らないが、連隊本部の訓練幹部よりは、余裕がありそうに思えた。もしかしたら連隊長はあのように言ったが、少年工科学校の中身を知らないのではとも思った。

「順調であればそうかも知れんが、何せ十五、六の子供の面倒をみるのだからな、一度に四十名の高校生男子が増えるようなもんだ」

小田は本来、英語教官として生徒たちに英語を教えているのだが、この十月から幹部上級課程に入校した区隊長の代役として、二年生の区隊長をしているという。

「英語教官は割り当てられた区隊の生徒に英語だけを教えておればよかったが、区隊長は自衛隊関連の課目を教えるほかに、課業時間外には服務指導をしなければならず、そう簡単に家に帰るわけにはいかんぞ」

小田は気心の知れた勇一が、同期の中でも上位の成績だったのを知っており、まして指揮幕僚課程の一次試験に合格したのであれば、次回は是非にも二次に合格し、同期の出世頭としての活躍を期待していた。本当に連隊長は、田山にチャンスを与えようとしているのかと、この人事に疑問を感じた。

「家は出来れば部隊に近いところがいいな。台所とトイレのほかに二部屋があればいい、前の転属者が住んでいたところでもいいぞ」

小田に借家の選定を依頼した。

「えっ横須賀ですって、じゃあ東京に近いでしょう。行ったら子供たちを連れて東京タワーに行きましょうよ」

家に帰ってとも子に異動の内示を伝えると、四国から遠くに離れることに不満を言うかと思ったら、意外と喜んでくれた。浅草、新宿、銀座などよく耳にする場所に行ってみたいと言う。まるで旅行に行くような気分だ。

「東京には皇居、明治神宮、靖国神社、上野公園など名所旧跡がたくさんある。鎌倉も近く、そこには有名な神社仏閣もあるのでみんなで行ってみよう」

ＣＧＳの試験勉強をすることが第一優先だが、家族の見聞を広めるのにもいいと感じ、横須賀への転勤が楽しみになってきた。

だがこの人事の流れは、小田が疑問を感じたとおり、勇一にとってあまりよくない流れになっていたのである。指揮幕僚課程二次試験の面接での態度は、主任試験官の佐々木から幹部学校長に報告された。

旧帝国陸軍を否定するような者を合格させるわけにはいかんと、校長の坂上陸将（士官学校四十五期）は激怒して不合格にしたのだった。さらには、士官学校同期の第三師団長の中野に直接電話で伝えられた。中野は師団にそんな幹部はいらんと、同期の少年工科学校長の畦山将補に受け入れを依頼して、今回の人事異動となった。

この時代の将官や重要ポストにいる者は、ほとんどが陸軍士官学校出身者であり、先輩、後輩のつながりは固く、昭和二十七年四月に公職追放が解除になると、こぞって保安隊（二十九年に自衛隊となる）に入隊した経緯がある。

がしかし、勇一はそんな人事の流れとはつゆしらず、家族にも都会の空気を吸わせられると、喜んで少年工科学校に行くのを楽しみにしていた。

伊丹の借家は一月分がもったいないので、十二月までの契約にした。二十八日の御用納めの後、隊員の手を借りて家の荷物を日通のコンテナーに積み込み、横須賀に一月七日に到着するよう段取りした。

そして爾後の伊丹での勤務は全部休暇手続きをとり、故郷高松に帰省した。

一月五日の駐屯地朝礼の転出者紹介に顔を出し、部隊でお世話になった人たちに挨拶回りをして、そのまま横須賀に移動するように考えた。

「少年工科学校の区隊長とは、一体何をする仕事ぞ」

実家に帰ると父・甚十郎が不思議そうに勇一に訊いた。

「俺もよう解らんけど、全国から選ばれた中学卒の十五、六歳の少年自衛官を教育するところのようじゃ」

「すると旧軍の幼年学校の教官ということか、それならばたいしたもんじゃ。将来士官学校に行く者が多くて、優秀な者が集まっとるじゃろ」

甚十郎は旧軍の幼年学校を思い出していた。

「うん、すぐには将校にはならんで、伍長になるようじゃ。将来はほとんどの者が幹部になっていくらしい」

甚十郎と自衛隊の話をするときは、旧軍時代に変えて説明するほうが解るからだ。

「それにしても陸軍大学の試験は惜しかったな、もう少しじゃったのに」

甚十郎はCGSの試験を、旧軍の陸軍大学と思っているのだ。

「一次試験の点数が低かったんじゃろ、次は合格するように頑張るけん」

勇一の脳裏に、善通寺の連隊長になった自分の姿を写し出していた。

今度は離れた関東の地に行くので、しばらくは容易に帰ってこれまいと、翌日は家族を連れて先祖のお墓参りをした。

(じいちゃん、ばあちゃん、今度は横須賀というところに行くことになった。家族みんなを見守っていて)

勇一たち家族四人は田山家の墓に向かって手を合わせた。

次の日も天気が良かったので、琴平町の金刀比羅宮にお参りに行った。琴平駅までは高松から琴平線で行くと一時間ほどで着く。駅から二十分ほど歩くと、長い上り坂の階段にさしかかった。幸一は一人で大丈夫だったが、二歳の洋二は百メートルも歩くと動かなくなり、勇一が抱えなければならなくなった。

金刀比羅宮には、とも子と結婚する前に二度、夫婦になってから年に一度は来ている。いつも金刀比羅の神さまが自分を守ってくれているような気がしているからだ。

本堂の側でお守りを四つ買った。家族四人の身に着けて、見守っていただこうという気持からだった。

一月四日家を出て伊丹に移動し、その夜は幹候同期の武内の家にやっかいになり、翌朝、家族を残して駐屯地朝礼に間に合うよう武内と一緒に部隊に行った。

駐屯地朝礼で、転出幹部五十一名の一人として名前を呼ばれ、壇上に上がった。

師団の幕僚長が転出者の代表で、お世話になりました、伊丹駐屯地の発展とみなさんのご多幸をお祈りしますと、型どおりの別れの言葉を述べて終わった。

三十六連隊に戻ると、連隊の隊員の前に立たされ、今度は自ら別れの挨拶を述べた。その後お世話になった上司、同僚、部下隊員に挨拶をして廻り、隊員が列を作って見送る中、花束を抱いて営門を出た。

門を出るとそのまま武内の家に向かい、とも子と合流して大阪駅から寝台列車に乗り、東京に向かった。子供二人は小学生前なので無料だったが、寝台が狭いので勇一と、とも子は子供が落ちないように気を使い、何度も夜中に眼が覚めた。

翌日正午頃、大船駅で降りると駅前の食堂で昼飯をとった。そこから横須賀線に乗り換えて、今夜泊まる逗子の公務員宿舎に向かおうとしたが、途中、鎌倉八幡宮や大仏があるのに気づき、天気もよく見物の時間もありそうなので鎌倉駅で降りた。

二人の息子はよほど機嫌がよかったのか、八幡宮の石段も大仏までの距離も自分で歩いた。見上げるように大きい大仏には驚いていた。

翌一月七日朝、宿をゆっくり出て逗子の駅から横須賀線に乗り、衣笠駅に昼近くに着いた。これからはバスに乗って武というところで降りるのは聞いている。駅前の食堂で飯を食べ終わると、小田に電話をした。

「着いたか、三崎口か長浜行きのバスに乗って、武三丁目のバス停で降りればいいぞ」

小田は嬉しそうな声で応えた。到着時間ごろにはバス停にいるからと言った。本当に面倒見のいい男だと、ありがたく思った。

武山少年工科学校へ赴任

「此の度お世話になる田山です、よろしくお願い致します」

小田に連れられ大家に挨拶した。日焼けだと思うが、色が黒いので笑うと歯が一層白く見える。青いトタン屋根の同じような一戸建て造りの家が左右に四軒建てられ、四軒とも自衛官が住んでいるという。入る家は、勇一の前任の区隊長家族が入っていたという。大家は一番奥の門構えのある大きな家だった。百メートルほど手前にある商店街の表通りで風呂屋を経営しているらしい。借家の住人は特別で、家賃に四百円をプラスすると、家族が皆入れるというのは得したように感じた。困ったことがあれば相談に乗るよ、と言った前歯の一本抜けた顔は、なんともいえない親近感があった。

賃貸契約の内容を確認して判を押し、鍵をもらって借家に行った。部屋は六畳と八畳の二間で台所、トイレが付いていた。

小田はここから数キロ離れた、長井というところに住んでいる。

二時過ぎに配達をお願いしていたので、日通に連絡を取ったら既に駅から車が出ているので間もなく着くだろうという返事があった。

小田には事前に状況を伝えていたので、勤務する第三教育隊の区隊長や付陸曹（通常助教と呼称）たち六人が駆けつけてきた。十五分後にコンテナーを積んだトラックが到着し、勇一と小田も加わった八人で、一時間ほどで全部降ろして部屋の中に入れた。タンスや本箱、洗濯機、机など重い物は、とも子が指示して定位置に運んでもらった。いつの間にか隣近所の奥さんたちも手伝いにきてくれた。

「ありがとうございました。後は女房と二人で片付けますので、どうぞお茶でも飲んで休んでください」

とも子がお茶やジュース、お菓子やみかんなどを準備して、奥の八畳の空いている所に座ってもらった。簡単にお互いの自己紹介をして雑談が始まった。生徒（少年工科学校で学んでいる者を自衛隊生徒と呼称）教育間の苦労話や愉快な話などが交わされていた。

「意外と早く終わってよかった。でもこれからが大変だろうが、俺たちは帰るぞ。仕事の方は学校に来た時に説明するから」

三十分ほど雑談すると、小田は応援に来た区隊長や助教に合図をして立ち上がった。

とも子が一人ひとりにごくろうさまでした、と言って手拭いを手渡した。

「明日、学校に顔を出す予定だ。とりあえず教育隊長の木下三佐に挨拶しなくてはならないだろう」

「解った、隊長に伝えておくよ、じゃあな」

小田たちが帰ると、とも子と二人で夜遅くまでダンボールから食器や置物、日用品や本などを出して、明日から使えるように配置した。

（思った以上に忙しそうな仕事だな、区隊長というのは）

勇一は夜、床に就くと、応援に来た職員たちの話を思い出していた。

そうは言ってもまだ生徒は子供だから、まして全国から十何倍もの競争率を勝ち抜いてきた者たちだからしっかり教えれば分別はつくだろう。

それよりもこの十五、六歳の少年が、国を守る自衛官という仕事に競争して入ろうとする心持に感心した。十何倍もの競争率といえば、レベルの高い県立高校に合格できる能力を持っているであろう少年たちが、自衛官に憧れるのはどうしてだろうか。余程の魅力があるに違いない。区隊長とはその魅力を早く見つけ、魅力に応えられる教育をして、立派に育てなければならないのでは。そんなことを考えているうちに眠ってしまった。

翌日八日、家の片付けの合間を取って昼過ぎに、少年工科学校の門をくぐった。

「頼りがいのある柔道四段の区隊長がきたな、是非にも普通科連隊で培った普通科魂を生徒たちに叩き込んでくれ」

配置先の第三教育隊の隊舎に行き、教育隊長の木下三佐に挨拶すると、笑いながら応えた。木下は陸軍士官学校最後の六十一期（士官学校に入ると間もなく終戦）で、普通科の四十一歳だ。旧軍出身とは思えない温厚そうな感じの人だった。

勇一の少年工科学校所属は一月十日付だったが、昨日の引越し手伝いに職員がきており、顔見せだけは早くしておいた方がいいと思ったからだ。

「田山一尉は小田君と同期で気心が知れているようなので、詳しいことは彼に訊いてくれ。とりあえず前区隊長のあとを引き継ぐ形で、一区隊の四十名を担当してもらう、二区隊長が小田君で机も隣り合わせだし、解らんことは相談してくれ」

生徒隊(教育隊の上級組織)には、六個の教育隊があり、第一、二教育隊が一年生の十一期生約五百名、三、四教育隊が二年生の十期生で同じく約五百名、五、六教育隊は、この四月に入ってくる十二期生の受け入れ準備中だった。一個区隊四十〜四十三名前後の人員で構成されているようだ。

生徒たちは昨年暮れから冬の休暇中で、明日九日には全員帰ってくるという。実家が離島の生徒は、船の欠航を考慮してすでに戻っているらしい。

一月十日に出勤したら、朝礼前に生徒隊長の山下一佐(士官学校五十四期)に申告した後、学校朝礼で全校職員、生徒に紹介するようになっている。その後第三教育隊の朝礼で、皆に紹介するので挨拶をしてもらいたいと言われた。伊丹駐屯地のときと同じパターンである。

「申し訳ないが明日には生徒が帰ってくるので、できれば昼過ぎからでも出てくれるとありがたい。一区隊の助教は原西二曹という者で、まじめで生徒の面倒見がよく、仕事の出来る男だ、大いに活用してくれ」

後で紹介するからと木下は付け加えた。

教育隊長室で三十分ほど話をすると、一緒に部屋を出て、区隊長室と表札が付いている区隊長ばかりの部屋に行った。

「一区隊長になる田山一尉だ、みなよろしく頼むぞ」

木下は部屋にいる区隊長たちに声をかけて勇一を紹介した。昨日手伝いに来てくれた区隊長もいて軽く会釈した。そしてあとは君が先任陸曹(教育隊の陸曹で最上位者の一等陸曹)や助教たちに紹介してやってくれ。できれば教育隊内と学校の主要な施設を教えておくといいな、と勇一の面倒を小田に託した。

小田は先任陸曹や助教たちがいる陸曹室に勇一を連れて行き紹介した。

「一区隊助教の原西二曹です、よろしくお願いします」

スポーツ刈りした色黒で彫りの深い顔をした原西は、勇一に向かって姿勢を正すと、頭を前方に十度傾けてぴたっと止めた。自衛官が脱帽時に行なう十度の敬礼だ。さすが生徒たちに教える立場の者、教範どおりの敬礼だった。

「このような学校勤務は初めてなので、迷惑をかけるかもしれない、教育隊長からも君に教えてもらえと言われたよ、こちらこそよろしく」

そう返すと勇一は、原西の肩をぽんと軽くたたいた。親しみを表したつもりだった。

一区隊四十名の生徒を原西と二人で教えていかなければならない、如何に二人の連携・協力を上手くやるかが大事だというのは、すぐに感じた。

この人数は普通科部隊では小隊規模である。だが小隊長の下に小隊陸曹や各班長がいるので、一人ひとりの指導を小隊長が直接行なうことは少ない。

区隊長は大変だぞと、小田が言った言葉の意味が読み取れた気がした。

そのとおりだ、正式には十日からが少年工科学校所属なのだが、すでに前任区隊長は転出し、明日九日には生徒たちがここに戻ってくるのだ。家庭に例えると、区隊長は父親で、助教が母親であろうか、二週間ぶりに帰ってきた家に父親が不在では、生徒たちは不安になるだろう。勇一は明日の朝から、出勤しなくてはと思った。

その後小田の説明を聞きながら、隊舎から外に出てグランド、食堂、浴場、武道場などを廻った。

「田山は学生の時から柔道をやっていたので、柔道部の部長が適任だな。前任の区隊長も柔道部長だったからちょうどいいな」

武道場の畳の敷いているところに来ると、小田が思いついたように言った。

スポーツのクラブは柔道、剣道、合気道、杖道、空手、少林寺拳法、陸上、アーチェリー、野球、カヌー、サッカー、ラグビー、バレーボール、バスケットなど一般の高校と同じように揃っている。特殊なのは自衛隊特有の競技、銃剣道と徒手格闘の部があることだ。柔道部を希望する生徒は百人を超えるほどいるようで、教官や助教など指導者も数人いるらしい。

勇一は中学、高校、大学と柔道一筋だったので、生徒に教える種目として異存はなく、久しぶりに柔道がやれるという喜びを感じていた。

少年工科学校の生徒は入校と同時に、神奈川県立湘南高校の通信制に入学し、四年後には三等陸曹に任官するとともに、高校の卒業資格を取得する。

やる気があれば、引き続き大学に進むこともできる。現に部隊に赴いて夜間大学や通信制大学を卒業し、小田のように幹部候補生の試験を受けて入校・卒業して三等陸尉になっている先輩もいるという。

大学に進まない場合でも、陸曹として一定期間勤務すると、部内幹部候補生の受験資格ができて、このコースで幹部にもなれる。

入ったときから自衛官の身分を持ち、三等陸士(旧軍時代にはなく、二等兵の下の三等兵というところか)としての給料を支給され、自衛隊はもちろん、高校生としての学科を勉強し、職業自衛官として定年まで勤められる。

教育は自衛官として必要な、基本教練や基礎的な野外行動、戦闘訓練(射撃を含む)などの担当は区隊長が行ない、高校生としての国語や英語、物理や数学などの課目は、背広や私服を着た防衛庁教官という身分の者(女性も数人いる)が行なう。防衛庁教官は高校卒業資格の関係から当然高校教師の資格を持っている。このため幹部自衛官で、小田のように教師の免状を持った者が、全体の二割ほどいた。

勇一も英語教師の免状を有しているので、一般課目の教官にもなれるだろうが、今は区隊長という立場から、自衛隊の専門課目を、座学・実技すべてを担当しなければならない。実技は通常は駐屯地内の訓練場を使用するのだが、各学年ともに年に一度は、富士や相馬ケ原の演習場に二〜四、五泊の野営をして訓練するようになっていた。

「野営訓練があるのか、鍛えがいがあるな」

演習場に泊り込んでの訓練があると聞いて、勇一は何となく楽しい気分になった。

普通科連隊に配属されて以来、ずっと野営訓練は日常茶飯事のようなもので、自ずと血肉踊る感じがするのだ。

生徒が少年工科学校で習う野外訓練は、普通科部隊が日々実施している内容だ。四年後に三等陸曹になって卒業するまでには、普通科小隊の班長としての基本的な動作を、教え学ばせる必要があった。

小銃班は十一名で編成されており、班長は陸曹で班員十名を指揮し、与えられる任務を遂行しなければならない。すなわち二十歳そこそこで年上を含めた十名の隊員を指揮するのだ。一人前の班長になるには、十年かかると言われるくらい難しい職務なので、卒業即班長というわけにはいかないだろうが、学校教育で基本、基礎の知識と動作だけは身に付けておかないと、部隊に行っても役に立たないなどと、批判されかねない。

（生徒たちは賢いから、基礎動作を体験するだけでも将来きっと役に立つはずだ）

普通科連隊の一般隊員には、分数の計算さえままならない者もいたが、それでも一つ一つ丁寧に手取り足取りして教え、一人前の普通科隊員に育ててきた自負が勇一にはあった。

(学校を出た生徒たちは、間違いなく自衛隊の中核を担うようになるだろう)

少工校の区隊長という職務が、大事な役割のように思えた。

その晩、助教が作成してくれた生徒の写真と名前、そしてそれぞれの性格や特徴を記入した名簿を見て頭の中に叩き込んだ。

十日、第三教育隊の朝礼で、勇一は壇上に立っていた。

「全国から選ばれた優秀な諸君と一緒に、少年工科学校の区隊長として勤務することを光栄に思っている。諸君を立派に育成できるよう、全力を傾注する所存である。よろしく」

第三教育隊生徒二百五十名を前にしての率直な言葉であった。がっしりした体型で眉毛が濃く、きらきら輝いている眼の勇一を見る生徒たちの顔は、朝日に照らされてまぶしく反射していた。

(みんないい顔をしているな、やりがいがありそうだ)

朝礼後の一時間目の授業は、勇一が担当する服務教育が計画されていた。

一区隊の生徒四十名を教場に移動させ、先ずは自分の自己紹介をできるだけ詳しく話した。

長所はおおらかな性格であまり怒ったことがないこと、短所は思いついたらすぐ行動に移して失敗することがよくあると言ったら、誰かが俺と同じだ、と言ったのでみんながどっと笑った。

そして今、自分がやろうとしていること、すなわちＣＧＳの試験を受けるために精一杯勉強に取り組んでいることを伝えた。黙っているのが良かったかもしれないが、多少なりとも区隊長としてやらなければならないことが、おろそかになるのではと思っているので、先に断っておこうと思ったからだった。

その後、生徒一人ひとりを順次立たせ、昨夜覚えた顔を確認してフルネームで呼び、特徴を頭の中に整理した。当分の間生徒を呼ぶときは、フルネームで呼ぼうと思っている。勇一が幹部候補生のとき、区隊長からフルネームで呼ばれて、親しみを感じていたからだ。

「君たちはすでに一年九カ月、少年工科学校で過ごしてきた。体力は向上し精神面もしっかりして立派に成長し、自衛官としての素質は充分に備わってきていると感じている。各人のこれまでの努力は実にたいしたものだ。いまの気持を維持して残りの九カ月を過ごし、少年工科学校の生活を悔いのないものにしてもらいたい。私ももてる能力を駆使して自衛隊はもちろん、社会で役立つ人間になれるよう応援しようと思っている」

彼らは四月には、一等陸士に昇任して三年生になる。そして半年後には当校を卒業して職種学校に進むことになる。これから巣立つまでの九カ月、区隊長として彼らが一人前の陸曹になるよう、さらに必要な知識や訓練などを体験させて育てなくてはならない。勇一がこれまで普通科部隊で接してきた陸曹たち以上の能力を、生徒は持っていると感じていた。だからこそ彼らの基礎的な教育を、しっかりやらなければと思っていたのだ。

「昨年一次試験に合格した実績があるのだから、今年は二次に合格するよう頑張ってもらいたい。とりあえずＣＧＳの試験が終わるまでは、そちらに力を注いでくれ。生徒の面倒は他の区隊長に手伝わせるようにするから」

教育隊長の木下は、勇一が昨年の指揮幕僚課程の一次試験に合格したのを小田から聞いていた。少年工科学校勤務者からＣＧＳに入ることは、学校としても名誉であり、頑張るよう激励した。

（何で一次試験に合格した者を、少年工科学校に異動させたのか？）

一次に合格しているということは、次回には二次に合格する可能性が高いのはあきらかで、二次に受かることは部隊としても名誉であり、自隊で頑張らせるはずだがと、木下には勇一の人事異動が理解できなかった。

いずれにせよ勇一は、前部隊の上司の配慮だと思っているので、今度こそは是非にという考えに変わりはなかった。だが勇一の性格から、自分の仕事を他人に任せてまでして、試験に合格しようという気持は納得いかず、やるべきことはやってから帰るようにした。

区隊長という立場は、遠いところから一人で来ている生徒の親代わりの役をしているともいえる。思春期の子供たちの置かれている心境は複雑で、多かれ少なかれ悩みを抱えているのは当然だろう。そんな悩みを聞き、くじけさせないよう日々励まして行くことが大切と感じた。困ったことがあれば、いつでもいいから区隊長に相談しろ。遠慮はいらん、俺に迷惑がかかるなどと考える必要はない、君たちよりは年の功で解決策を見出す知恵はあるだろうから、と生徒にたびたび伝えるようにした。

課業が終わると、当直生徒に明日の課目や行事の準備事項を指示し、翌日に自分が担当する課目があれば、助教の原西二曹と打合せをして、洩れのないよう準備をして家に帰った。六時から六時半には学校を出るので、連隊本部勤務のときより、三十分から一時間は多く勉強できる。

家に帰ると夕食をとり、風呂に行った後は、奥の部屋に入って机に向かった。後片付けや子供の面倒は、すべてとも子に任せた。とも子は勇一が早く勉強にとりかかりたい気持が解っているので、片付けが終わると二人の子供を連れて、ゆっくりと銭湯に行くのが習慣になっていた。帰れば早めに子供を寝かせて、勇一が集中できるよう気を配った。

勇一の就寝時刻は、毎夜十二時から一時ころになった。

助教の原西が営内に居住していたので、外出しないときは自習時間や寝る前などに、生徒の状況を見て廻っているようで安心できた。

翌朝六時に起きて七時に家を出、七時二十分に教育隊に着くと、すぐに当直生徒に昨夜から今朝までの状況報告を受け、今日一日の日課を指示し、七時四十五分には朝礼場で、生徒たちと挨拶を交わして一人一人の顔色を確認する。

体調を崩していないか、病気を我慢していないか、困ったことを抱えていないか、寝不足な者はいないか、などをチェックするのだ。

八時には君が代の音楽に合わせて国旗が掲揚されるので、全員、国旗に向かって挙手の敬礼をする。その後、教育隊長に朝の挨拶をし、訓示を聞いてから教場に移動して授業を受けることになる。

生徒は忙しい。朝六時に起床ラッパで起こされると外にとび出し、上半身裸になって乾布摩擦をする。その後整列して、当直幹部の点呼(人数、異状の有無を確認)を受ける。

終わると軽く体操をした後、区隊ごと隊列を組んで隊舎の周りを、掛け声をかけながら十分ほど駆け足をして戻ってくる。その後食事、清掃、洗面、用便などを済ませて、七時四十分までには朝礼場に整列完了しなければならない。

八時十分から授業が始まるので、それまでには教場に入って席につくことになる。この辺の動きは、勇一が幹部候補生学校に入校した時の行動とほぼ同じだ。当初は遅れる者が続出するのだが、慣れてくると、余裕を感じさせるほどに自然の動きになるからたいしたものだ。

一般教養学科(高校教育の)は、専門の教官が担当するので、区隊長、助教は送り出した後は、生徒が提出した日誌を読んだり、個人に対する指導記録の整理をしたり自らが教官として行なう服務や野外訓練課目などの準備をしなくてはならない。

「うちの生徒数名が昨日、一年生を呼びだして説教したようでびっくりしたよ」

暴力沙汰にならないでよかったと、隣の小田が勇一に言った。

「この学校でもそんなことがあるのか。三流高校と言われかねんな」

少工校生徒は、中学を卒業してすぐに入ってくる者がほとんどだが、高校一年を経て入ってくる者が二割ほどいる。一つ違いであっても、同期生として取り扱われるのは当然で、生徒間では、おい、おまえで対等にふるまっている。

幹部候補生のときも同じように勇一は皆より一つ年上だったが、お互い呼び捨ての付き合いをしてきた。小田は勇一より二つ上だけれど、やはり敬語を使うことはしない。それでも違和感をもつこともない。自衛隊に入隊した同期というのは、不思議な人間関係をつくるものだと、つくづく感心している。

だが少年工科学校生徒の場合は、期別のしくみがよく解らないで入隊しているので、一年遅れて入った者は二年生と同じ年齢で、対等という意識が強い。そこに二年生から先輩面して注意をされると、何を威張っているのかとトラブルが起きるという。特に入隊して三カ月くらいに多く発生するようだが、解ってはいても十五、六という年齢の若さゆえということもあり、油断は出来ないようだ。

まあ十五、六、七の男の子が、遠く鹿児島や北海道などから親元を離れ、寂しさや苦しさに耐えて一つところで生活すれば、何処かで溜まったエネルギーを発散したくて、喧嘩のようなことが起きても不思議ではないだろう。

だが、先輩が後輩に対しての集団暴行となれば、立派な学校とは言えず、恥ずかしくてその区隊長だと胸も張れない、絶対に起こさせてはならないと思った。

(クラブ活動や野外訓練でエネルギーを発散させ、外出などで精神的な息抜きをさせるしかない)

勇一は試験勉強の合間をみて、土、日、祝日にも学校に顔を出そうと思った。

二月初めの日曜日の昼過ぎ、勇一は長男の幸一をバイクの後ろに乗せて学校に行った。勉強のし過ぎもあって、少し頭を休ませる意味を兼ねての行動である。

少工校の門をくぐり武道場の近くに来ると、バイクを止めて幸一を降ろした。幸一の手を引いて柔道の練習場に向かった。柔道部長の勇一は、休日などでの練習はどうしているのかと思ったからだった。

「お前ら近頃たるんどるぞ、あれほど後片付けをしっかりやれと言ってるのに、本当に掃除したのか」

黒帯をした二年生らしき三人が、十人ほどの白帯の一年生を前にして説教をしているようだ。背が高くて中央にいる二年生は、確か梅津という名前だったな。勇一は道場に入るのを止めて、横の窓から様子をみることにした。

「もう一度掃いて、乾いた布で畳を拭け、終わったら稽古をつけてやる、掃除開始」

掃除をちゃんとしていなかった一年生に、二年生が指導しているのは、当然の行為と思い、勇一はそのままそっと道場を離れて、所属の第三教育隊の隊舎に行った。区隊長室の自分の椅子に座り、空いている隣の小田の椅子に幸一を座らせて、白い紙と鉛筆を渡して自分の名前を書く練習をさせた。この春小学校に入る幸一は、とも子の教えがよいのか、何とかひらがなが書けるようになっていた。勇一は来週教える課目の教授計画を開いて、どこかで記憶に残るような経験談をしてやろうと考えていた。

三十分が過ぎたころ家に帰ろうと思い、幸一をつれて区隊長室を出た。ふと柔道場の一年生が気になってもう一度道場に行った。

「やあー」

「もっと踏み込まないと技がかからんぞ」

生徒たちが練習稽古を始めたようだった。

「おい山田、大丈夫か」

向こう側で黒帯の二年生が、倒れている一年生の山田という生徒の肩を揺さぶっていた。

「梅津まて、頭を打ったのであれば、揺すってはいかんぞ」

勇一は急いで靴を脱ぐと、駆け寄りながら声をかけた。

「あっ部長！」

「大外刈りでもかけたんじゃないか？」

上背のある梅津は、勇一を見ると申し訳なさそうな顔で、はいそうですと応えた。

倒れている一年生は、色の白い痩せ型の生徒だった。軽い脳震盪であろうが、頭を揺すっていけないのはあきらか、少し安静にして様子をみるよう指示した。

掃除が終わった後、二年生の三人が受けて、一年生に一人五分ずつのかかり稽古を始めた。黒帯の梅津が、実力のない白帯の山田を大外刈りで倒すのは容易い。

倒れるときに、自分の身体を一緒に宙に浮かせて体重を乗せると、強く胸を打ったり頭を打ったりするのだ。おそらく今回はそのような倒れ方をしたのだろうが、一つ間違うと大怪我をする恐れがある。

つい稽古と称して生意気な後輩を懲らしめようとしていたのなら、厳しく指導しておかなくてはならないと思った。二分もすると山田は気がついたように目を白黒させていた。

「梅津生徒、稽古をするときは感情的になるな、遊び心で技をかけてはいかん。相手に教えるのであれば、相手の実力に合わせてやらないと怪我をすることになりかねんぞ。柔道は己の精神を鍛える場でもあると教わっただろう」

勇一は黒帯の三人に向かって厳しい口調で言った。まだ柔道部長になったばかりで掌握ができておらず、君たちの面倒をみきれなくて申し訳ない、これからは道着をつけて稽古台になるつもりだから、一緒に汗を流そうと付け加えた。

勇一自身、高校生のとき、弱い後輩を格好つけて投げ飛ばし、先生に注意されたのを思い出していた。

全国から選ばれた生徒であっても、十五、六歳という年齢は、悪意のない子供的な発想が残っており、思いがけない行動で、事故や怪我になることも充分考えられる。今後の指導にも注意しなければならないと思った。

十期生徒の区隊長

三月初旬、CGSの一次試験が終わった。結果は五月に発表されるので、勇一としては合否に関係なく今の一区隊の生徒を持ち上がって、十期生(三年生)の教育にたずさわることになる。

三月中旬の日曜日、とも子は朝早くから洗濯をして、子供たちが散らかした玩具を片付け、掃除していた。今日も昼頃に一区隊の生徒が十人、家に遊びに来て昼食で香川県名産の讃岐うどんを食べてもらう予定だ。先週の日曜日も来週の日曜日もそのようになっている。

早いうちに生徒全員を家に呼ぼうと考えていたのだが、試験勉強の関係で遅くなり、この時期になった。何を食べさせたら喜ぶだろうと考えているときに、生徒と雑談をしていたら、一人が讃岐うどんを食べたいです、と言ったのがきっかけだった。家が狭くて一度には無理なので、班ごとの十人ずつを四回に分けて来てもらうようにしたのだ。

何せ十五、六の生徒の食欲は尋常でなく、普通の人の倍から三倍は準備をしなくてはならない。最初のとき驚いて、とも子が急いで麺を追加して茹でたほどだった。

高松からダンボール箱で送ってもらっていたから、量は心配することはなかった。わざわざ家に呼んで、うどんばかりを食べさせるわけにはいかず、かぼちゃ、玉ねぎ、えびなどの天ぷらを添えて出した。

「こりゃ旨い、こんなうどんは初めてだ」

「区隊長の言ったとおり、美味いです」

など、生徒のお世辞に勇一と、とも子は機嫌をよくしていた。

「そうだろ、俺は小さい時から、この旨いものを食べて育ったんだ」

なんて調子に乗って応えている勇一をみると、とも子は思わず吹き出してしまった。

「香川県のみかんも美味いだろう」

今度は口直しにと、これまた実家から送ってもらったみかんの自慢が始まった。

何とまあ大人気ない人かと思う反面、とも子は子供っぽくて無邪気な性格の勇一が好きだった。

食事後のみかんを食べながら、ざっくばらんな雰囲気の中で、とりとめのない話を誰もが交わしていた。外に出て勇一の子供と遊んでいる生徒もいる。

かれこれ三時間ほどすると、ごちそうになりました。明日から一週間頑張ろうと、言葉を交わして生徒たちは学校に帰っていった。

「結婚するなら、区隊長の奥さんのような人がいいな」

「将来、区隊長のような自衛官になりたいな」

帰りの道すがら、生徒たちの会話には勇一と、とも子がしてくれた自分たちへの歓待に満足感があふれていた。

三年生の武山での教育は九月までだ。九月末終了すると各職種学校(通信、武器、高射、富士、施設、航空)で、専門技術修得のための教育を受けるようになる(これは十期生からで、九期生までは二年間で職種学校に移動)。そして四年生の最後の二カ月間、再び少年工科学校で教育を受け、三月下旬に三等陸曹に任官する。このとき、少年工科学校と湘南高校通信制を卒業するのだ。一、二年のときは、高校の授業課目が多くを占めていたが、三年になると自衛隊の専門的な課目(戦闘及び戦技訓練などの野外行動)が多くなる。

野外訓練は、七、八月に計画されている一週間の富士野営訓練が、最大の目標に置かれ、職員、生徒たちの心は、如何にして厳しい野営訓練を成し遂げるかに集中され全力を傾けるのだった。

普通科部隊(班)の基礎動作は、どの職種部隊にも共通するもので、自衛隊員は誰もが、身に付けなくてはならない。生徒には普通科職種がないので、締めくくりになる四月から九月の野外訓練が、彼らを一人前の自衛官に成長させるための大事な土台となるのである。

半年後、武山を出るころになると、彼らが急に大人になったように見えてくる。たくましさ、迫力、頼もしさが増して職員たちが、成長した生徒を見て感嘆するという。

それこそが武山での生徒教育の最大の目標であり、やりがいのある仕事だろう。

（俺も、彼らを立派に鍛えなくてはならん）

隣に座っている小田の話を聞きながら、勇一は生徒教育に闘志を燃やした。


昭和四十一年三月十六日、定期異動で学校長が東京帝大出の高森将補になった。学校の行事は、校長や指揮官が変わっても特別なことがない限り、決められたスケジュールどおり坦々とこなされていく。

三月二十九日朝五時、第三、第四教育隊の隊舎内のスピーカーから突然、非常呼集の号令が発せられた。生徒たちは寝耳に水のごとく、驚くようにしてとび起きた。

「非常呼集！　全員完全武装をして、ただちに舎前に集合せよ」

スピーカーの声も一段と大きく、忙しそうに放送を繰り返している。

「起床、武器庫は開放しているぞ。準備できたら銃を持って集合しろ、急げ」

居室に助教が入ってきて大きな声で指示を出す。

生徒たちの作業服の袖には昨日、新しい一等陸士の階級章が縫い付けられて、ひときわ目を引く。少年工科学校伝統の昇任祝いの行事が行なわれようとしていた。

外はまだ薄暗い中、背嚢を背負い、鉄帽を被り銃を持った生徒たちが、急ぎ足で隊舎前の広場に集まっている。

「第一区隊、総員四十名、事故なし四十名」

当直生徒が勇一に敬礼して集合完了を報告した。

「第一区隊、準備完了」

勇一が教育隊長の木下に報告すると、順次各区隊長が同じように報告した。

「諸君、一等陸士の昇任おめでとう。これより恒例の武山登山を行なう、各人気合を入れて臨むよう」

木下の訓示のとおり、三浦半島の南側部に標高二百二メートルの武山がそびえており、その山頂を目指してこれより行軍をするのである。学校から東三キロほどのところで、生徒の足だと一時間ちょっとで行ける。

六時少し過ぎた頃、十期生徒五百名は武山の頂に到着した。風はおだやかで、ひやっとする感じが汗ばむ肌に心地よい。

仰げば遥か富士の嶺　洋々寄する黒潮の　波静かなる相模湾
陽光燦と輝きて　意気高らかに健男児　我等は少年自衛隊

全員で少年工科学校校歌を、声高らかに歌う生徒の顔は、湯気がたちのぼり、朝日に照らされて笑顔に満ち溢れていた。

富士野営訓練に向かって

「第一班、早がけに前へ」

「三番前へ」

第二組前へ、突撃に進め、わあーっ、と駐屯地の野外訓練場のいたるところで、三年生たちが区隊長、助教の指導の下、戦闘訓練で駆け回っている。

林の中では歩哨の警戒訓練を、駐屯地の施設や林などを利用しての斥候訓練などが行なわれていた。総合富士野営をにらんだ訓練真っ盛りという時期である。

「一、そーれ、二、そーれ、三、そーれ、いちにさんし、一二三四」

訓練場と隊舎の移動は隊伍を組んで、ハイポート(銃を胸前に携えて走る)して声を出しながら移動する。その掛け声が四方から響き交差する。

雨が降って濡れようが、風が吹いてもこの種の訓練は続けられる。それに耐えることが生徒たちの精神面を強くする訓練ともいえる。

三曹に任官して部隊に配属されると、敵を想定した状況下の訓練となり、もっと厳しいものになる。だから区隊長や助教は、生徒たちが如何に真剣に取り組むようにさせるかを、いろいろ創意工夫しているのだ。

勇一は訓練が終わってハイポートで隊舎に帰るときも、海辺に廻らせて砂の上をダッシュさせたり、膝まで海水に浸からせたりして、少しでも戦時の状況下らしきことを体験させようと、生徒たちの士気を鼓舞するようにしていた。

区隊長によっては、防火用水やプール（太腿部辺りまで水が入ったままになっていた）などにも浸からせる者もいたし、勇一も同じように防火用水に作業服のまま入れて走らせたこともあった。

十期生徒が三年生になって一月半が過ぎた五月中旬、まさに野外訓練の最盛期で何処の区隊も精強さを競うようにして、汗をながしていた。

連日、戦闘訓練に明け暮れる生徒たちにとって週末の外出は、気分転換して鋭気を養う絶好の機会であり、大半の者が横須賀の街に繰り出した。

そんな日曜日の正午少し前、学校から勇一に電話がかかってきた。

「田山区隊長、一区隊の北川生徒が外出中に事故を起こしたようで、横須賀の警察署に連れて行かれています」

当直幹部の四区隊長藤山一尉からだった。

「事故って！　バイクにでも乗っていたんですかね」

生徒期間中はバイクに乗ることは禁じられており、北川は中卒で入っているので免許証は持っていないはずだ。

「いえ、どうもタクシーに乗っていて、信号待ちで止まっているところに、北川生徒が、ここで降りますと急にドアを開けたそうです。そこに横を通り過ぎようとしたバイクがぶつかって、運転手が転倒・負傷したようです。教育隊長には報告をしましたので、隊長から後ほど連絡があると思います。親代わりとして田山区隊長が引き取りに行くことになるでしょう」

藤山はそれとなく、準備しておいたほうがいいような口ぶりだ。

「田山一尉、すまんが警察署に行って北川生徒をつれてきてくれ。どうも北川生徒に非があるように思われる、被害者の方には丁寧に謝って、くれぐれもトラブルにならないようにしてくれ。詳しいことは、警察から戻って処置を考えよう」

案の定、すぐに隊長から電話があった。

「解りました、すぐに行って状況を確認してきます。戻りましたら報告いたします」

勇一はとも子に事情を話すと、バイクに乗って少年工科学校に行き、警衛所の横にバイクを置いた。

営門前のタクシー駐車場に行って、タクシーで横須賀警察署に向かった。

警察署に着くと、六十歳の被害者は病院で治療を受けた後、診断書を持って警察署にきたらしく、事情聴取を受けて自宅に帰っていた。

担当の警察官に挨拶をすると、たまにある事故で、バイクに乗った相手のラーメン店主が止まっているタクシーの横をすり抜けようしているところに、ドアが開いたのでぶつかって転倒したという。

「怪我は打撲と擦過傷で骨折はなく、全治二週間と書かれています。賠償の話し合いは、当事者同士で行なってください。被害者は責任を持って賠償をしてくれれば、訴えるようなことはしないと言っていますので、区隊長さんが中に入っていただけるのであれば、もめることはないでしょう。よろしくお願いします」

警察官は勇一の名刺を見ると後は任せました、と言わんばかりに安心したような顔をして白い歯を見せた。

「うちの生徒の過失が大きいのはあきらかでしょうが、タクシーの運転手さんには一切過失はなかったのでしょうか」

北川の過失が百パーセントだと、怪我の治療費、仕事の休業損害や慰謝料など、かなりの金額になるように感じた。もし運転手にも多少なりとも過失があれば、その分の負担が軽減されるのではと思ったからだ。

「そうですね、タクシーの運転手にも過失がゼロとは言えないところがありそうです。運転手は乗客が間違ってドアを開けないよう、ロックすることを義務付けられているのですが、今回されていなかったと聞いています」

タクシーには車の保険がかけられているはずですから、その保険を適用することが出来るかもしれませんね。ただしタクシー会社が認めるかどうかでしょうが、と警察官は自動車保険のしくみについて教えてくれた。

（車の保険を使わせてもらえれば、本人の負担を少なく出来るかもしれない）

勇一は丁寧にお礼を言うと、北川をタクシーに乗せて一緒に少年工科学校に戻った。

とりあえず区隊長室に待たせて、電話で教育隊長に無事連れて帰ってきたことを報告した。警察官との話の内容や事故の状況を説明すると、大変だろうが後を頼むぞと言われ、事故対応を自分がやらなければならないと思った。

「あまりがっかりするな、こんな失敗は誰にでもある。これから気をつければいいことだ。怪我が軽くて幸いだった。頭でも打って意識がなかったら大変なことになっていただろう。軽くてよかった、ラッキーだったぞ」

警察署で会ったときからずっとしょげた様子の北川に、プラス思考の話をすると、なるほどと思ったのか落ち着いた態度に変わってきた。

「これからの賠償対応は、総て俺がやるので心配するな。お前はこれまでどおり訓練と勉強に頑張ればいいから」

北川の涙の溢れた眼が、勇一におねがいしますと言っているのが解った。

「俺はタクシー会社や被害者の方と話し合って、未成年である君の負担を軽くしていただくようお願いをするつもりだが、最終的には相手の要求する賠償額がきまれば、君の過失分は君が払わなければならない」

過失により相手に損失を与えた責任は、自らが負わなければならない現実の厳しさを教えるのも大事な教育である。北川がこれまでにもらった給料から、こつこつ貯めたお金は十万円ほどある。その額で収まればいいが、どのようになるかは何とも言えない。ただ北海道で農業をしている親にだけは知らせて欲しくない、何とか自分で解決したいという気持を勇一に訴えた。

夕方家に帰り、早いうちに被害者にお詫びとお見舞いをしなければと思い、警察から教えてもらった自宅に電話をすると、奥さんが出られた。

「一度家に戻ったのですが、痛みがひどいので近くの病院に診てもらったら、大事をとって二日ほど入院して様子をみることになりました。明後日には退院するのでその後に店の方にきてください」

骨折でもしていたのかと思って尋ねると、骨折はないというので安心した。まあ被害者の心を汲んで行動することが大切と思い、三日後の午後三時半に汐入の店に伺うことにした。

三日後、教育隊長の許可を得て、三時半に間に合うようバイクに乗って被害者が経営するラーメン店に向かった。途中で買ったお見舞いの菓子箱を差し出した。

「昼食時のピークが過ぎて、ひと段落しているところです」

店主の被害者は、今まで忙しかったのを強調するかのように言った。客は背広を着た中年の男性が一人、片隅でラーメンをすすっていた。

「このたびは私の生徒が、大変ご迷惑をおかけして申し訳ありません」

勇一は身分を名乗り、生徒の親代わりとして対応する旨を丁寧に店主に伝えた。

「彼は将来がある身でしょうから、わしとしては、この怪我で生じる損害を賠償してくれれば文句は言わないつもりです。入院中は店を閉めざるを得なかった。店は一日三万円の収入は充分あります。その損失も対応してもらいたい」

店には店主の他に、奥さんと二人のパート従業員がいるという。当然その者たちの休業損害も賠償してもらいたいと、念を押した。

勇一は北川に対する賠償責任の範囲がどこまで及ぶのか、また金額算出の方法はどのようにするのかなど疑問が頭をかすめ、専門家に相談しなければと感じて返事を濁した。今日は、被害者の言い分を聞くにとどめることにした。

「付随する損失もおありでしょうから、まずはお怪我を病院で治療してください。またお伺いをさせていただきます」

怪我の治療が終わらないと、最終的な賠償の話し合いができないのは確かだろう。勇一は頭を下げると店を出た。

（タクシー会社にお願いして、何とか自動車保険を使わせてもらえるようお願いしなければ、とても北川の貯金だけでは間に合わない）

そう思った勇一は、帰りの途中に当該の富士見タクシー会社の事務所があるので、このまま寄って行こうと考えた。

社長室兼応接室に通されると、勇一より五つほど年上と思われるおっとりした感じの男性が、正面の机の椅子から立ち上がって、勇一の向かい側のソファーに座った。名刺を交換して見ると副社長の肩書きがある。

「冗談じゃないですよ、どうみてもあの事故はおたくの生徒の過失につきるでしょう。タクシーの保険を使えば、当社がかける保険金が上がるのですから」

丁寧に頭を下げ、それとなくタクシーの自動車保険を使わせていただけないかと、切り出したとたん、面談に応じた副社長から厳しい応えが返ってきた。

この会社の社長は、目の前にいる男性の母親のようだが、実質は息子の副社長が取り仕切っているようだ。母親らしき人は見当たらない。

タクシー会社は、保有車両を全部まとめて保険に入っているらしく、一台でも事故を起こして使用すると、掛け金が上がるしくみになっているという。

「聞くところによると、十七歳の生徒さんは給料をもらっているようで、いくらかの貯金もあるでしょう。足らない分は親に出してもらえばいいでしょう」

副社長も自社の損失を考えて、少年工科学校の実態を調べているのかもしれない。だがタクシー運転手の過失がゼロであれば、副社長の言うとおりで、タクシー会社にお願いするのは無理な話だ。

「大変お話しづらいことですが、実は先日横須賀署の警察官と話をしたとき、運転手さんにはドアをロックする義務があると聞きました。もちろん過失の大部分は生徒にあるのは間違いありません。ただ私も親代わりといっても、このような事故の対応をするのは初めてでして……、警察官のお話ですと、保険会社には事故処理の専門の方がおられるので、できればタクシー会社さんにお願いをするのが、いいのではとご助言をいただいたのです」

勇一は、副社長の顔色を窺いながら低姿勢で頼んだ。

「それはできませんよ、そんなことで車の保険を使っていたら、タクシー会社はどこもやって行けなくなってしまいますよ」

確かに一パーセントでも運転手に非があれば、保険が適用されるのはあきらかだ。だが、使えば掛け金が上がり会社には余分な出費となる。警察官が余計なことを言わなければと、心中思っているのか、副社長の口調は厳しかった。

「万が一、うちの保険を使ったとしても、今度はうちが、そちらに損失分の損害賠償を請求させてもらいますよ。私は納得できませんね」

賠償には被害者の怪我に関する補償と、転倒したバイクやタクシードアの修理費用がある。副社長は一切、車の保険を使わせないと断言した。

勇一は初対面なのにごり押しすれば、気分を害してかえって難しくなると思い、今日はこれで引き上げることにした。

「また日をあらためて、ご相談をさせていただきます」

勇一は頭を下げて部屋を出た。

副社長は何かを言いたかったのだろうが、勇一があっさりと引き下がったので無言で見送っていた。

二日後の日曜日、時刻は午前十時近くになっていた。勇一は富士見タクシー会社の事務所に歩いて行った。勇一の借家と事務所は一キロ半ほどで、歩いても二十分とかからなかった。

副社長は勇一を見ると、すぐに顔を引き締めた。だが何度頭を下げてでも、タクシーの自動車保険の使用を認めていただいて解決しないことには、被害者のラーメン店主が言った賠償額は予想以上になりそうで、とても北川に負担をさせるには忍びないと思っている。

「副社長さんは八年生まれですか、私と同じ年ですね。大変落ち着いておられるのでてっきり五つほど上かと思っていました」

先日の話の中で、お母さんが甘いものが大好きだと聞いていたので、栗饅頭を差しあげた。今日は事故に関係のない身の上話から始まった。

「そりゃないでしょう、田山さんは同じくらいと思っていましたよ。息子もやっと小学一年生になったばかりですから」

「えっ私も長男がこの春、富士見小に入学したばかりです」

「そうですか、まったく同じとは、わっはっはっはー」

副社長はつい大きな声を出して笑った。それにつられて勇一も一緒に笑ってしまった。副社長を五歳も上にみていた自分が可笑しかったのだ。

「田山さんは四国の高松ですか、あそこの讃岐うどんは一度旅行で食べたことがあるが、麺にこしがあり、つゆが旨くて今でも忘れませんね」

奥さんも同郷ですか、親兄弟と遠く離れて暮らすのは大変でしょう。ご長男なのによく自衛隊に入るのを、ご両親が許されましたね。お父さんも元軍人だったのですか、なるほど、それじゃあなたの出世を楽しみにしていることでしょう。

副社長は子供のころから軍人が好きだったようで、自衛隊にも好意を持っているように感じた。親子二代に渡って国防に任ずる田山家に関心を示したのか、勇一に好意的になってきた。

「えっラーメン屋の親父が、そんなことを言ったのですか。あの店で一日三万円の収入があるとは思えませんね。三万円の実収入となれば、売り上げはその何倍もあるということですよ」

先日被害者のラーメン店主から言われたことを副社長に伝えると、驚いた顔をした。

「……！　田山さん、先日の事故についての対応ですが、タクシーの自動車保険を使うようにしましょう。相手との交渉は、うちの事故処理専門の井上を、窓口にしておこなうようにします。但し、親代わりとして田山さんは、井上が相手と交渉する場所には常に立ち会ってください」

そう言うと、事務所にいた井上という男性を呼んで勇一に紹介した。井上は頭が白くて薄く、六十を少し過ぎたかと思われた。

「賠償請求は被害者の意思で、いくらでも要求することができます。しかし一般的には社会常識に基づいて行なわれるものでして、その基準は裁判の判例などで示されているのです。そのためには基準を知っておかねばなりません。井上はそのような知識は豊富で、相手にも納得のいく説明が出来ますので、そこは井上に任せていただきたいのです」

副社長は相手が法外な要求をしようとしているのでは、と危機感を覚えたようだ。

「副社長さんありがとうございます。どうして対応しようかと、ずっと不安を抱えて過ごしていました。私ができることは何なりと言ってください」

副社長の態度が好転したのを心より喜んだ。自動車保険を使うということは、車の保険会社が賠償金を支払うことになり、北川生徒の負担が軽くなるのはあきらかだ。まして交渉の窓口に、ベテランの井上がなってくれるというのだから、こんな嬉しいことはない。

「これから私が相手と連絡をとって、お伺いする日時を決めますので、決まりましたら一緒に行きましょう。そのときは、お見舞として菓子箱を一つ準備してください」

赤ら顔の井上は、笑みを見せて自信ありげに言った。

「平日は午後六時以降、土曜日は午後一時以降であれば、日曜日はいつでも結構です。よろしくお願い致します」

そう言うと、勇一は帰る際にもう一度、頭を下げて事務所を出た。

思いがけなくタクシー会社が、自動車保険の使用を早く認めてくれたのが嬉しくて、つい涙が出てしまった。

タクシー会社には警察から、本事故が共同不法行為になる旨が伝えられていた。事故処理がうまくいかないと、タクシーの運転手にも影響を及ぼしかねなくなり、副社長は専門家の井上を使うことにしたのだった。

それもそうだが、勇一の人柄に好感を持ち、若くして北海道の片田舎から出てきて、頑張っている生徒を助けてやろうという気分になったのだろう。

三日後の夜八時、勇一は事故処理担当の井上から連絡を受け、被害者の自宅に井上の車で行くことになった。

自宅には初めてだったが、車から降りて目を見張った。家の門構えが太くて立派な角材で造られ、分厚い表札には多田と書かれていた。広い庭には大きな池があって中を見ると赤、白、黒、金色が混じった七、八十センチほどもある錦鯉が、何百匹もゆったりと泳いでいた。家の造りは広くて柱もでかく、調度品はどれも高価に感じた。いかにも金持ちの家という感じを受けた。このような生活状況をみると、一日三万円の収入も嘘ではないように思われた。

「ほう、一日三万円の収入がおありですか、解りました。但し休業損害としてお支払いさせていただくには、確定申告書の写し、所得証明書の原本が必要となりますのでご提出をお願いします」

怪我のお詫びとお見舞いを述べて菓子箱を渡した後、具体的な賠償の話し合いが始まった。ラーメン店主は勇一に言ったと同じように、実収入一日三万円の補償を要求した。井上は相手の話をうなずくようにして聞いていたが、収入の根拠となる書類の提出を申し出た。

「それは……、皆さんも知っているとおり、税金対策上収入を少なく申告しているのは何処も同じですよ。所得証明書では十分の一ほどしかありません。そこを何とか解ってもらいたいのです」

店主は奥さんに書類を持ってこさせると、困った顔を照れ笑いで隠すようにした。

勇一はあまりの収入額の差に驚いた。このような場合どうやって解決するのか、相手にどのようにして納得させるのだろうかと、黙ってみていた。

「確定申告書や所得証明書で一日三万円、いえ五万円でも証明されれば、私どもは賠償しなければなりません。大変申し訳ないのですが、休業損害の賠償はこの証明書に基づいて積算をさせていただくことになります。家や庭を見ますと、おっしゃるように三万円の収入は充分あるように思われます。確定申告書や所得証明を税務署で訂正して出していただけば、お支払いするようになりますが、いかがでしょうか」

話を聞くと錦鯉は飼育をして業者に売っているようで、その収入は事故の賠償には直接は結びつかない。

「……それは無理だな……」

少し間を置いて、店主の小さな声が聞こえた。既に笑みは消えていた。

確定申告を訂正することは出来るのだが、当然それに基づく課税がされるのはあきらかで、しかも何年前かにさかのぼる可能性もあり、とんでもない額になると予想したのか、店主の態度が軟化してきた。

治療費は直接保険会社から医療機関に支払われるので、被害者には事故により負担をした費用のほか、実質の休業損害と怪我に関しての慰謝料を支払わなければならない。しかもそれらは車の保険会社から出されるようになっているのだ。

「それじゃ直接の加害者は、菓子箱だけで何も負担はないということですか」

賠償の説明を井上から聞くと、店主は憤慨した顔をした。

「直接危害を与えた本人が、いくらかの慰謝料を出すのが当然でしょう。十七歳でも給料をもらっているのであれば、それくらいは考えられるでしょう」

基本的には井上が説明した賠償額でいいと思われるのだが、店主は北川の過失にこだわって、本人にいくらか出させるように言った。

「北海道から親元を離れて、一人で頑張っている少年ですが、円満に解決するためには多田さまが納得していただかなくてはなりません。多少であっても慰謝料に上乗せするよう考えてもらいましょう」

井上はそう言うと、勇一の方に顔を向けた。その判断は親代わりの勇一がしなければならない。

事故に直接影響を及ぼした北川が、何も負担をしないで解決したのでは、本当に加害者としての賠償責任を果たしたことになるだろうか。彼にとっても教訓として残らないだろう。北川にもいくらかの慰謝料を出させる必要性を感じた。

「多田さまには少ないと思われるでしょうが、一万円を北川に出すよう話をしましょう。彼も少ない給料から本や勉強道具、日用品などを買って、残りをやりくりしながら貯金をしている状況です。彼にとって一万円の出費は大変なことですが、軽率な行動で、多田さまにお怪我をさせた責任を解らせなくてはなりません。多くはないかもしれませんが、境遇を理解していただければありがたいのですが……」

一万円といえば一月分の給料ほどもあり、生徒にとってはきびしいものだ。

勇一は切実に生徒の現状を訴えて、何とかこの程度で許してほしいと願った。

「区隊長さんが言うのであれば、それでいいでしょう。生徒さんも意図的に怪我をさせようと思っていたわけでなし、これから先のある人ですからいいですよ」

私も軍隊の経験がありますので、生徒さんを心配している気持が解りますと、店主は苦笑いをしながら言った。そういえば、父・甚十郎と同じくらいの年齢だ。

それから一週間ほどで店主の治療が終わり、最終的な示談が成立した。もちろん北川が出した一万円は、示談書の中の慰謝料に入れられた。示談書を受け取ると、北川を呼んで交渉経過と内容を説明して手渡した。

大きな怪我もなく、タクシー会社も被害者も、生徒の立場を理解して、無事解決できたことに安堵した。タクシー会社は車の修理も全部保険で処理したが、北川に請求することはなかった。多少の出費は止むを得ないことで、一時は、貯金を全部はたいても足りるのかと思ったことを考えると、本当にラッキーだったと思う。

「いい経験をしたと思えば安いものだ。皆さんからも生徒さんに頑張るよう言われている。お前もこれに報いるよう努力してくれ」

勇一は実家の親に連絡をしないまま、無事終えたのをほっとしていた。状況によっては、いつかは伝えなくてはならないのではと思いながら、ぎりぎりまで待つことにしていたからだ。両親は旭川市の隣の村で、半農半業をしながら二人の妹弟と暮らしている。北川は少しでも家の足しになろうと、内緒で少年工科学校を受験したという。だから今回の事故は知らせたくないし、もしお金が足りなかったら区隊長に借りようと思っていましたなどと、笑わせるような、泣かせるようなことを言った。

「はい、ありがとうございました。これからも頑張ります」

北川は涙を見せながらも、嬉しかったのだろう白い歯をみせていた。

北川生徒の事故処理が順調に片付き、懸案事項がなくなって、再び生徒たちと一緒に、戦闘訓練に思いっきり汗を流せる日が続くようになった。

七月三十日朝、いよいよ富士野営訓練の出発日となり、生徒はトラックの後ろに載せられて、富士の裾野にある滝ヶ原廠舎に向かった。午後二時頃廠舎に到着すると、荷物を降ろして割り当てられた宿舎に運び込んだ。

本日より五泊六日の日程で、これまで武山駐屯地内の訓練場でやってきた戦闘・戦技課目を演習場の現地現物を使って演練するのだ。

地図で示されたA地点からB地点を、敵に見つからないように移動して敵情を偵察する斥候訓練、警戒隊が行なう昼夜間の歩哨の動作(壕の構築、警戒監視、交代要領、不審者の誰何・捕獲要領など)の訓練、防御陣地の構築(俗称蛸壺掘り)、普通科小銃班の攻撃動作(ほふく、早駆け、突撃など)及び班長動作の反復演練などを、滝ヶ原演習場の黒土を噛みながら、走り、這いずり、汗を流した。その日の訓練が終わって廠舎に帰れば、泥や砂まみれになった銃手入れに三十分~一時間を要した。銃は自分の命を守るもので、どんな時でも撃てるように手入れをする、というのが、入校以来の教えだった。

初日、二日目は天気がよかったが、三日目は土砂降りの雨の中を、泥まみれになって駆け回った。濡れた作業服を脱いで絞ると、バケツ半分は溜まるほどの多さだ。四日目は終日曇りで、最後の仕上げの五日目は、富士登山が計画されている。

朝起きると、雲ひとつない青空が広がっていた。暑くなるのは間違いないが、山頂を目指すには絶好だ。生徒全員に、日本一の山に登る嬉しさがあふれ、心躍る感じが伝わってくる。

三年生五百人の頭にヘルメット、作業服に背嚢（下着や外被、雨衣、食料などを入れた）を背負った生徒が、一列になって蛇行している道筋に沿って、ゆっくりと足を踏みしめて登っていく姿は、演習場での厳しい訓練をやりとおした自信が現われていた。数人ずつの団体なのか、民間の人たちも上や下に、登っている姿が見られる。

富士山は噴火した火山岩が堆積したもので、表面はそれらの岩が雨風などで小さく砕かれて一面、砂と砂利と小石（ところどころに大きな岩を残している）で形成されている。歩いている登山道は百年以上もの長い間、大勢の人が歩いて踏み固めてできたものだろう。

「気をつけろ、石だぞ！」

時々、上の方から人の頭ほどの石が転がって落ちてくる。大きいのだと直径五、六十センチほどもある。上を歩く者が、足を滑らせて道端にある石や岩を押して転げ始め、だんだん下に行くほど勢いがつくので、身体に当たれば怪我をするのは間違いない。みんなが声を出して注意を逓伝しているのは、富士登山者の当然のマナーになっているようだ。

「万歳、万歳！」

山頂に着くと、あちこちで生徒たちが向かい合って両手を挙げている。登頂の達成感に喜びが出るのだろう。辺りは大部分、汚れた雪が残っていて肌寒く、誰もが捲っていた袖を下げた。中には外被を取り出して着ている者もいた。

勇一は、小さな祠がある神社の前に、一区隊の生徒を集めた。一斉に勇一に合わせて、二礼、二拍手、一礼の神社参りの作法を実施した。

（一区隊生徒と田山家のみんなが、元気で幸せでありますよう）

心の中で勇一はこう祈った。

翌日、荷物をトラックに積み込み、一同元気に少年工科学校に帰隊した。

三年生の最大の富士野営訓練が、事故なく終了したことに生徒隊長以下職員一同、胸を撫でおろした。

五日後の八月十一日から二、三年生の千名が、それぞれ二週間の夏休みで故郷に帰ると、いつものことながら、あまりにも閑静になった学校の変化に驚く。すでに八月四日から一年生の五百名は夏休暇で帰省中だ。

職員たちも当直勤務者以外は、休暇を取って小旅行を楽しむ者も多かった。勇一もこの機会にと、家族と長浜の海水浴場に行ったり、武山に登ったりした。そして東京に一泊して、上野の動物園、皇居、東京タワー、靖国神社や明治神宮などに連れて行って、家族サービスに努めた。

引き分け勝負

八月二十五日には夏休暇が終わり、一区隊の生徒四十名が事故なく、元気な姿で学校に戻ってきた。再び学校は、朝から晩まで、大声を出しながら忙しく走り回る生徒の姿が、行き交うようになった。

そして一週間後、武山最後の期末試験が終わると、三年生に残された主な行事は、終了式前の体力検定だけになった。体力検定は入校以来何度も練習し、体力もかなり向上している彼らにとっては、特別どうということはない。

後は職種学校に行くのみだと、生徒たちの心に緊張が緩んだ雰囲気が漂っていた。

そんな日曜日の昼下がり、勇一は教育隊の当直幹部に就いて校内を巡察していた。

「河本のやつが生意気な態度をしていたから、やったんだ」

「一人を三人で殴るとは卑怯じゃないか。今日はやられた河本のかたき討ちだ、三対三で正々堂々とやろう」

濃い緑の葉が生い茂っている向こう側から、何やら物騒な声が聞こえてきた。

勇一は木の葉に身を隠しながら、急ぎ足で近寄ってみると、作業服に一等陸士の階級章をつけた六人の生徒が、にらみ合って身構えているところだった。手に木刀を持っている者もいる。幸い第三教育隊の生徒ではないようだ。

「待て、この喧嘩俺に仕切らせてくれ」

手で制するようにして飛び出すと、六人の生徒はみんな、暗示にかかったように動きを止めて勇一を見た。

「……」

誰も何も言わなかった。当直幹部、しかも三年生の区隊長に見つかってどうしたものかと考えているのだ。

「この喧嘩、いったん中止だ。だがそれで、お前たちが納得するはずがないだろうから、これから場所を変えて存分に戦わせてやろう」

このままだと怪我人が出るだろう、それでは立会人の俺が困る。みな隊舎に帰って体育服装に着替え、木銃と防具を持って十五分後にグランドに集合しろ、と生徒の返事を待つことなく、命令口調で勇一は指示した。

この間に勇一は隊舎に戻ると、営内にいた原西二曹と二人の助教に状況を説明して、防具をつけてグランドに来るように言った。

「これから銃剣道の試合をする。とりあえず今、正面に居る者が最初の相手だ。俺が止め、と言ったらこちら側の者は右に移動して相手を変えて試合をする。次に止め、といったらまた相手を変えるのだ。どちらかが参ったというまで続けるぞ。反則をしてはいけない、反則したら助教が相手をする」

助教たちは普通科部隊の第一線で活躍していた猛者であり、とても生徒の相手ではない。

そういう陸曹が選ばれて学校の助教になっているのだ。

三組の試合にそれぞれ助教を立ち合わせ、勇一は全般をみる形で試合を始めた。三分間を過ぎるころに、相手を入れ替えて、また三分経つと入れ替え、どちらかが参ったと言うまでの試合が続けられた。

若くて体力のある彼らは、一、二巡目を何とかこなしたが、三巡目になると声を出しても足が動かず、身体が前に出ても手が出ないので、木銃で相手を突けなくなっている。

「参ったのか、参ったら参ったと言え」

勇一や助教が声掛けしても、負けたくない生徒たちは、参ったとは言わない。しかし三巡目が終わる頃には、六人ともへたり込んでその場に座ってしまった。呼吸が荒く息をするのがやっとという状態だ。

「どうだ、まだ続けるか、続けるのであれば立て」

勇一が促しても返事が出来ず、立ち上がるのもままならない。

「勝負には勝ちと負けと、引き分けというのがあるが、引き分けでいいのか」

「……引き分けでいいです田山区隊長、勘弁してください」

一人の生徒が苦しまぎれに声を出した。

「他の者はどうだ」

「引き分けで結構です」

あとの五人もやっと声を出して、引き分けを認めた。

「引き分けというのは、全力を出し切ってお互いに相手の力を認めたということだ。つまり相手の存在を認めたもので、相手に敬意を払うことになる。敬意を持つということは、とても喧嘩をするような間柄ではないということだ。それでよいか、それでよければ、この勝負引き分けで終わりにするぞ」

「はい、それでいいです」

六人ともに応えた。

彼らは試合をしているうちに、徐々に相手を認めるようになっていた。

「よし、面をとれ。この勝負、引き分け」

試合終わりの宣告をすると、生徒たちはお互い相手に向かって頭を下げて礼をした後、近寄って手を出し合い握手をした。

はっきり聞こえなかったが、すまんとか、ごめん、などと言ったようだった。

(大事に至らなくてよかった)

彼らは間もなく職種学校に移るのだが、ここで遺恨の状態で別れては、これまで同じ釜の飯を食ってきた同期の意義が無駄になりかねない。お互いが存在を認めて、納得した形で解決したことに、勇一はほっとした。

昭和四十一年九月二十七日、十期生を職種学校に送り出し、後片付けをすると、受け持っていた生徒たちの親に、これまで自分がやってきた教育や指導の、理解と協力に感謝する礼状を書いた。

その夜は、第三教育隊長以下職員一同で、横須賀中央の料理屋で、ご苦労さん会を催した。誰もが受け持った生徒全員を、無事に終了させたことに満足していた。

「小田一尉ありがとう。あんたがいたお陰で何とか無事に十期生を送り出せた」

転属してきてから、ことある毎に小田に教えてもらったのは事実で、勇一は正直な気持で感謝の言葉を述べた。

「田山、照れくさいことを言うな。おまえの性格は生徒の区隊長は適任だよ。俺が教えなくても、立派に生徒教育ができる力を持っているよ」

小田は気恥ずかしそうに、勇一の胸を軽く押した。

ピンチヒッターだった小田は、この後、区隊長職を解かれて、専門の英語教官として教育部第一科・英語班に戻っていった。

隣の席に気兼ねなく、何でも話ができた盟友の小田がいなくなると、急にさびしさを感じたが、学校内にいることでもあり、これからも家族ぐるみの付き合いをしていこうと思った。

十期生に関する業務処理が終わり、来年一月に戻ってくる九期生の受け入れ要領を決めると、当分の間はゆっくり出来ると思っていたら、生徒隊本部からこれまで使用している服務、戦闘及び戦技訓練などの教授計画を、この間に検討・見直しをして、次回の生徒教育に反映させるための、実効的な教授計画の作成を命じられた。

さっそく第三、四教育隊長は、十二人の区隊長を集めて、作業要領の打合せを行ない、調整をした結果、課目を各区隊長に振り分けて、十二月中旬までに作成して提出するように指示した。

勇一と四教一区隊長の長谷川一尉が戦闘訓練課目の担当になった。二人は話し合った結果、勇一が攻撃、長谷川が防御をと課目を分担した。

課題をもらったものの生徒が不在なので、時間に余裕があるのは確かだ。課業が終わればすぐに帰ることができ、これこそ連隊長が言った、勉強に集中できる環境だと思い、最終チャンスになったCGSの受験勉強に集中することにした。

勇一が野外令の教範を開いて、勉強にいそしむ田山家の生活が再び始まった。日、祭日には、とも子が二人の子供を連れて近くの公園で遊ぶ姿が多くなった。勇一に落ち着いて勉強させるためだ。

そういう日程が続いて年が明けた一月中旬、陸士長(旧軍の上等兵または兵長相当)の階級章を付けた九期生徒が、少年工科学校で後期教育を受けるために武山に戻ってきた(後期教育のシステムは、九期生徒から行なわれるようになった)。

一年半ぶりに見る彼らは、一回り大きくなった身体をしているのは当然だが、顔色に深みを増して引き締まり、言動は以前よりきびきびして、受け入れる職員たちに頼もしさを感じさせた。

十期生が昨年九月まで使っていた第三、四教育隊舎を、そのままの形で九期生を受け入れることになっていた。つまり勇一は三教一区隊長として、九期生徒三十八名を受け持った。

彼らは三月中旬の卒業式までに、湘南高校通信制の単位を取得するため、不足している授業課目と時間を補うことが主たる目的で、多くは一般基礎学の時間に割り当てられ、小田がいる教育部が担当する。

とは言うものの、彼らは自衛官なので、生徒隊長や教育隊長が行なう精神教育や、勇一たち区隊長が実施する服務教育や体育時間が組まれていた。もちろん課業時間外の起居動作における指導は、区隊長や助教の役目だ。

勇一が四年生を担当するのは初めてだが、十期生に比べると一段と大人びていて、言動に自信と責任を持っているのを強く感じさせられる。

私服の教官たちと、彼らが話をしている状況をみると、なんら引けをとらず堂々と自分の考えや意見を述べている。

女性教官が彼らを見る眼は、明らかに母親や姉が自分の子や弟を見る眼で、嬉しさと優しさがあふれている。彼らが自衛官としてだけでなく、一社会人として成長した証しでもあった。

（彼らの自信はどこからきているのだろう）

職種学校で専門技術を習得した教育の成果か、部隊実習で人との繋がりや見聞を広めた体験からなのか、あるいは二十歳（高一で入った者）に成人した年齢的なものか、いずれにせよ一人前の自衛官に成長しているのは確かだ。

多くの者が将来、幹部になって自衛隊を支える中核になるのは間違いない。勇一はこれこそ自分が描いている生徒教育だと、興奮と責任の重さを覚えていた。

三月初旬の二日間、勇一は武山駐屯地の大会議室で実施された、最後のＣＧＳ一次の筆記試験を受けた。これまで業務の合間をぬって勉強してきた知識を、自分なりに精一杯、用紙に記入したが、その結果は自分では採点・評価するのはとても難しく、五月の発表を待つしかない。

勇一は結果を期待はしているが、長い間、家族や教育隊の人たちに、少なからずも迷惑をかけたのは違いなかったので、これで肩の荷が下りた気がした。

桜がもう少しで開花しそうな三月十五日、九期生四百五十名の卒業式が執り行なわれた。制服の襟には、三等陸曹の階級章が銀色に輝き、胸を張って歩く姿は、まさに威風堂々の言葉がぴったりと当てはまる。

卒業式終了後、学校長以下全職員、十二期生の一年生と、十一期生の二年生、売店に勤務する人たちなど千数百人に見送られ、手や帽子を振って応えながら、彼らは営門を出て行った。校内にいる誰もが、彼らの前途を祝する光景だった。

十二期生徒の区隊長

九期生を送り出してから二日後、昭和四十二年度の教育編成が示された。

勇一のいる一号隊舎は、第五（西側）、第六（東側）教育隊と変わり、この春二年生になる十二期生五百人が入る。そして勇一は東側の第六教育隊の第三区隊長で、助教は桜田二曹とコンビを組むことになった。桜田はもともと東側にいたので、室内の小移動でいいのだが、勇一は西側から移動しなければならない。

第六教育隊長は村井三佐で勇一より十四歳年上の人だった。普通科職種の旧軍のたたき上げで、警察予備隊が発足するとすぐに入隊したらしい。

新しい編成にしたがって、まず職員たちの荷物の移動作業が始まった。

勇一たちは、同じ一号隊舎の中を西から東へ移るだけで、荷物もそれほど多くはなく、さほどの労力を要しない。区隊長室やロッカーなどの配置もだいたい同じようにされていて、自分の持ち物をその場所に移せばいいのだ。

だが十二期生徒たちの場合は違う。グランドを挟んで三、四百メートルも離れた別の旧隊舎から、荷物を運ぶので結構手間がかかる。

五百人を一度に動かすと混乱が生じるので、第五教育隊の生徒は前段の二日間を、第六教育隊は三日目から二日間で行なうよう作業日を統制して、生徒たちの荷物を移送させるようにした。最後の一日は予備日として残っているものを運ばせ、旧隊舎の後片付けと整理にあてた。旧隊舎はクラブ活動の道場や施設、または物品を保管する倉庫に改修して使用する予定になっていた。

十二期生徒たちは、今まで古い建物(旧軍で使用していたものを米軍が改修して使用していた)に居住していたので、鉄筋三階建ての新しい建物に入ったことを大変喜んでいた。一、二区隊が一階、三、四区隊が二階、五、六区隊が三階となり、各階とも南側を居室にして、廊下を挟んだ北側を教場に使用するので便利になった。

そして三月半ばに落成した三号隊舎は、第一、第二教育隊として、この四月に入校してくる十三期生五百名が入ることになっている。やっと四十二年度から全生徒が、新しい隊舎で居住し、授業を受けるようになったのである。

「第六教育隊第三区隊、総員四十名、事故なし四十名、全員集合」

当直生徒が勇一に報告して敬礼した。

昭和四十二年四月、新しい編成の区隊長としての勇一の新たな一日が始まった。

「これから第三区隊長として、君たちと一緒に汗をかき、笑い、泣こうと思っている普通科の田山一尉だ。わしの性格は十期生の連中に聞いて知っていると思うが、君たちの人生にとって最も大事な時期は今だ。だからわしも精一杯のことを君たちに教えようと思っているので、君たちも懸命に学ぼうという心意気でついてきてもらいたい」

勇一は一人ひとりの顔を見ながらゆっくりと話した。十期生を教えたときと同じように、生徒の顔はきらきら輝いている。真剣なまなざしを見ていると、この純真な若者たちを、一人前の立派な自衛官に育てる使命を強く感じた。

先日三等陸曹になって、堂々と胸を張って出て行った九期生の姿が頭をよぎる。

「立派な自衛官とは、どんな自衛官をいうのか。高度の戦闘・戦技の知識技能を修得し、体力抜群であることは誰でも解っているだろう。これらは口で言うのは容易いが、いざ極めるとなると難しい。わしはそこに挑戦し、努力すること自体が大事だと思っている。人間易きに流されれば進歩が止まる。多少であっても進歩しようとする努力の継続こそが、将来立派な自衛官を形成すると確信している」

立派な自衛官になる前に必要なのは、立派な社会人になることだ。そのためには少なくとも高校卒業程度の知識や、一般教養を身につけなくてはならないだろう。ここで学ぶ国語や数学・社会などは社会人としての基礎である。土台がしっかりしていないと、大きな家は建てられない。たとえ建てられたとしても、少しの風や地震で倒れかねない。

だから君たちは、今が大事という自覚をしっかり持って、日々精進してもらいたいのだ……、と勇一には珍しく長々と訓示をした。

生徒たちの間では、勇一の評判はすこぶるいい。生徒たちを自宅に呼んで、讃岐うどんを腹一杯食べさせたという話を知らない者はいない。

三年生の喧嘩を銃剣道の試合で解決した噂も、生徒の間では好印象を与えていた。がっしりした身体で、柔道部の部長をして恐そうな印象を与えるが、初心者やあまり目立たない生徒を重点に教えてくれるので、一年生だった十二期生たちに人気があった。そんな勇一の行動は自ずと広まって、あの区隊長に習いたい、学びたいという思いがあったので、好奇心をもって真剣な表情で聞いていた。

勇一の話のあと、助教の桜田二曹に自己紹介をさせた。彼は独身で秋田出身とのこと、長距離は六師団の選手だったようで、そのような彼の指導を受ければ生徒の実力向上は間違いなく、区隊対抗の駅伝大会の上位入賞が期待できると内心喜んだ。

「僕の望みは区隊長の家で、うどんを食べさせてもらうことです」

生徒の今年の抱負を一人ずつ発表させていると、出中という生徒が思いがけないことを言った。他の生徒たちに拍手が起こり、そうだ、いいぞという声がそちこちで出ていた。

「いずれみんなを招いて何かを馳走しようとは思っていたが、いきなり君たちから言われるとは思わなかったな」

勇一はそう言いながら苦笑した。小隊長になったときからずっと、部下を招いて馳走してきたのは勇一の信条になっている。いずれ時期をみて十期生と同じように、生徒を呼ぼうと思っていた。

武山駐屯地にある桜が総て満開になった四月五日、十三期生徒の入校式が行なわれた。一、二、三年生の千五百人態勢が揃い、少年工科学校全体が再び忙しくなり、生徒たちの大きな声と走り回る姿が見られるようになった。

特に入ってきたばかりの一年生には、まったく知らない別の世界なので、一挙手一投足を助教や先輩の指導生徒から手取り足取りで教わり、言われるままに動作する姿は見ていても微笑ましい。

一個区隊四十人を超える新人生徒たちに、自衛隊で決められている、朝起きてから夜寝るまでの起居動作を早く覚えさせるには、助教一人ではとても無理なので、品行方正な三年生が二名ずつ指導生徒として付けられ、一年生と起居をともにして教えるしくみになっていた。

勇一が三年生の十期生を担当していたときにも、区隊から二名出していた。彼らの起居動作は模範で、ロッカーの中はいつもきちっと整理されて感心している。一年生担当の区隊長から、いい生徒ですねと誉められると、自分はさほど教えもしていなかったが、悪い気はしなかったのを思い出していた。何も知らない新人を、一から教えるのは大変だろう。

区隊長室の入り方一つにしても、きまりがある。

まずノックをする、大きな声で入りますと言ってドアを開け、入ったら閉める。部屋の先任区隊長に室内の敬礼をした後、自分の区隊長の方を向いて敬礼をする。誰々生徒は区隊長に用があってまいりました、と言ってから区隊長の前に行く。そこでもう一度敬礼して、用件を簡潔に述べる。用件が終わったら区隊長に敬礼をしてドアのところまで行き回れ右をして、誰々生徒は用が終わったので帰ります、と言って先任区隊長に敬礼をして室外に出る。

勇一は先任区隊長だったので、三区隊の生徒は敬礼を二つ省略できたが、他の区隊生徒が入ってくるたびに、答礼をしなければならなかった。

何ゆえこのように、動作にまで決まりを作っているのか、つまりは総て、有事における行動に基本を置いていると思われる。そこには部隊が求められる規律、団結、士気に繋がるもので、日本全国どこの部隊に転勤しても、スムーズな動きが出来るようにしつけられているのだ。

その点二年生の十二期生の教育は、すでにそれらの動作を修得しているのでやりやすい。二年生になった彼らを教育指導していくには、個々の特徴を把握しなければならない。まずは個人面談を課業時間外に順次実施した。

事前に将来の人生設計を書かせ、目標を達成するために具体的になすべきことを一緒に考えることで、生徒自らが自覚して発奮するのを期待した。

全員の面談の結果は、これからの教育・訓練上に問題になるようなものは見当たらず安心した。だが初対面なので、本音で話をしていない者もいるだろうから、これから徐々に腹を割って話せる環境や人間関係を築いていこうと思っていた。

「ごめんください、区隊長、萩下です」

十二期生を担当してひと月が経った五月中旬の昼過ぎ、玄関で若い男の声がした。

「おーっ来たか、まあ上がれよ」

「どうぞ上がってください」

とも子に呼ばれて、出てきた勇一は真剣なまなざしの萩下生徒を見ると、顔を引き締めて上がるよう促した。後ろには萩下の背に隠れるようにして、色白で小柄な少女と思えるような童顔の女性が立っていた。

連休前、勇一は突然、萩下からある女性と結婚をするために、自衛隊を辞めたいという相談を受けた。

驚いた勇一は、心境変化の経緯と実情を一通り萩下に訊いた。そして萩下に連休間に休暇を与え、福岡から東京に出てくるという父親と会ってよく話し合い、連休後に女性を連れて家に来いと伝えていた。

萩下はこの一月下旬、急性盲腸炎を起こして市内の病院で手術を受け、二週間ほど入院した。そのとき、病院で看護婦の下で雑用をしていた、十六歳の久美子という女性と出会った。

「寒くて冷たいのに大変ですね」

萩下が入院中に病院の渡り廊下を歩いているとき、庭先で水を入れた大きな盥で汚れた包帯を懸命に手もみ洗いしている彼女に眼が止まり、後ろから声をかけた。

「慣れているので大丈夫です」

声に振り向いた彼女は、若い青年で意外だったのか、目を丸くした後、笑顔で応えた。卵形の顔をして長いまつ毛と黒い瞳に、萩下は胸の高鳴りを覚えた。

落ち着いてしっかりした話しぶりは、頭のいい子だと感じた。

久美子は群馬県吉井町の出身で、去年中学を卒業すると、住み込みで病院に勤めるようになったらしい。まずは准看護婦を目指しているらしく、四人弟妹の長女で、家庭の経済事情からこの道を選んだという。

萩下は三人兄妹の次男で、家は小さな町工場を経営して兄が後継ぎなので、好きな道を進もうと少年工科学校を受験した。独り立ちにはいいと思ったからだ。

これが縁で、ときどき休み時間になると、久美子は萩下の部屋に来て話をするようになった。萩下が退院するときには、荷物の整理や後片付けを積極的に手伝ってくれた。心が優しくて、よく気のまわる人だと思った。そしてお互いに連絡先を書いたメモを交換し、文通と月に一度のデートを楽しむようになったという。

「区隊長、やはり僕は彼女と結婚しようと思っています。早くするには自衛隊を辞めて、彼女の勤務場所の近くで働こうと思います」

出会いから半年も経っていないのに、萩下は結婚したいなどと言っている。まだ十七になったばかりで、彼女は十六である。法律的には認められるだろうが、家庭を持つということの厳しさが解っていない。ましてや未だ少工校生徒の身で、一人前の自衛官になろうとして修行中なのに何を先走っているのだ。少なくとも本校を卒業して三等陸曹に任官しなければ、最小限の独り立ちは無理だろう。

（萩下が彼女と結婚するのを、俺が止めていいだろうか……？）

昨日、萩下の父親からも勇一に電話で、何とか自衛隊を辞めないよう説得してほしい。その娘さんとの結婚を反対はしないが、あまりにも早すぎる。どうやって喰ってゆくのか、区隊長さんから厳しく息子に言い聞かせてください、と言って来た。電話の向こうで何度も頭を下げている様子が解った。

「おまえが辞めて久美子さんの側にいることが、本当に幸せなのか。不安な毎日を過ごす方が、かえって二人の夢を砕いてしまうのではないのか。おまえの目標は少工校を卒業して、立派な自衛官になることではなかったのか」

久美子さんだって看護婦を目指して頑張っておられるというのに、そのような考えは、彼女にまで悪い影響を与えるように思えるのだが、相手を理解して応援することこそ本当の愛情だろう。結婚は三曹に任官してからでも遅くはないと思うが……、任官すれば職は保障され、収入も確保できる。三年経てば久美子さんも准看護婦として働くことができ、安定した生活を送っていけるのではないか。お互いの気持さえしっかりしていれば、心配することはないだろう。あせって、これまでの努力を無駄にしては何にもならんぞ、と勇一は噛み砕くように萩下と久美子に説明した。

勇一には萩下が、久美子に対する恋愛感情を制御出来なくて、困惑している心中が良く解っているだけに、自分で考え、自分が納得して進む方向を決めさせなければならないと思っていた。

「萩下さん、区隊長さんの言うとおりですわ。私も結婚するまでには准看護婦の資格を取りたいと思います。だからあなたも是非卒業して、職業自衛官になってください」

今まで黙って聴いていた久美子が、初めて自分の意見を述べた。私たちもこれくらいのことがやり遂げられないのでは、将来に安心が出来ませんわ。私はあなたを信じていますから、三年でも待つことができます、と最後のところは小さな声で萩下に耳打ちした。

「そうだね、僕は卒業して任官するよ」

久美子の方を向いて萩下が真面目な顔をして応えた。

(この女性のほうがしっかりしているぞ、いい娘じゃないか)

そう思いながら勇一は、きらきら輝いている久美子の顔を見た。

二人は勇一に、不安に思っている悩みを打ち明けるうち、問題点があきらかになり、自分たちで結論を出したのだった。教え子がこのように心を打ち明けて相談できるのは、勇一の人柄だからであろう。

その後、三十分ほどお茶を飲みながら雑談をして、二人は勇一の家を出た。

帰り際に萩下は、仲人は是非区隊長ご夫妻にしてもらいたいです、と見送りに出ていた勇一と、とも子に向かって言った。

俺たちでよければ、やってもいいぞと笑いながら応えた。

五月下旬、勇一の最後のチャンスだった指揮幕僚課程の一次試験結果が発表された。残念ながら勇一の名前はなかった。

（仕方がない、俺の能力不足だ。幹部特修課程に行けるよう頑張ろう）

ランクは下がるが、特修課程を出れば、一等陸佐の階級章を付ける可能性はある。運がよければ善通寺の連隊長になれるかもしれない。そう思うと勇一は気持を切り換えて今後も精一杯努力していこうと心に誓った。

そして生徒たちにも試験結果と自分の心境を伝えた。そうすることが、自分の気分を早く切り換えられると思ったからだ。

六月初旬のある日、午後一時から戦闘訓練の各個動作を演練するときだった。空はどんよりと曇り、今にも雨が降り出しそうな雲行きになった。

戦闘訓練場で生徒を前にして、訓練内容を勇一が説明をしていた。生徒たちは作業服、半長靴、鉄帽を被り、銃を持ち、背には円ぴ(小型のスコップ)を自転車のチューブで縛っていた。

「これから行なうほふく訓練は、防御陣地から我に射撃してくる敵に向かって、徐々に接近していく動作である。つまり敵に近づくほど、その脅威は増すもので、より低くより速く、途中の遮蔽物に身を隠しながら、前進していかなくてはならない状況を認識せよ」

この動作の良し悪しが、戦場での生死を分けるのだと強調した。

生き残った兵士の証言からも、数多く伝えられているのも事実で、そういう事例をあげて話す方が、彼らの印象に残って、苦しくても我慢して頑張るのだ。

「それでは第一から第四ほふくの動作を、助教に展示してもらう。助教前へ」

助教の桜田は銃を持って生徒の前に立つと、芝草の上に伏せて射撃の姿勢をとった。

第一ほふく前へ、という勇一の号令に従い、横向きで上半身を起こして左手を伸ばして支え、右足で地を蹴るようにして七、八メートル前進した。その動作はきびきびして速かった。

第二ほふく、第三、第四ほふくと桜田が展示をしているころに、ぽつりぽつりと雨粒が落ちてきた。

「おい雨が降ってきたぞ」

「まずいな、作業服が泥だらけになるぞ」

生徒たちの間からざわついた声が聞こえた。彼らの頭に作業服や半長靴が濡れて、泥まみれになった後の洗濯や手入れの大変さが浮かび、動揺しているのが解った。

そのうち雨は、本格的な大降りになってきた。

「みんなこっちに来い、早駆けからほふくに移り、遮蔽物に身を隠す動作を展示する」

長さ五、六十センチほどの三本の丸太が埋められた場所に移動した。身を隠すために造られた訓練用の遮蔽物である。丸太の手前はこれまで生徒や一般隊員（戦闘訓練場は二キロほど北に隊舎がある新隊員教育隊も使用）たちが何度も這いずっているので、凹地になって土がむき出しになっている。容赦なく降る雨で凹地はすでに濡れて一部には水溜りが出来始めていた。

助教の銃を受け取ると、勇一はその凹地に倒れるようにして身体を伏せた。おっと何人かの生徒が声を発した。射撃姿勢から銃を引いて、安全装置をかけると低い姿勢のまま二メートルほど後ろに退がり、丸太の左側から敵方をみて、次に身を隠す地物を確認すると、右側の方に移動して、手足を身に引き付けて立ち上がり、七、八メートル走った。

生徒たちはいつもの区隊長の態度から、とても想像できないような、きびきびと早い動作に眼を見張って何も言わなかった。ましてクリーニングからおろしたばかりの作業服を、泥水に漬けて自ら展示したことに驚いた。

「わしも普通科連隊では、何度もこれをやっていた。戦いに雨も風も容赦はしない。織田信長が十倍もの敵を相手にして、雷鳴轟く大雨の中、今川義元を討ち取った桶狭間の戦いは君らも知っているだろう。我々は国を守るため、いかなる天候であろうと、負けずに戦わなければならないのだ」

生徒の目は、胸から下の半長靴まで、泥まみれになっている勇一の姿に釘付けになっていた。

「よし、各班に分かれて各個のほふく前進の演練を行なう。雨なんかに負けるな」

「はい！」

生徒たちは大きな声で返事をした。

訓練が終わったときの生徒たちの衣服は、泥まみれになっていたが、充実感に満足しているのか、誰もが笑顔を見せていた。

「遅れてすまなかった。今度の日曜日から毎週四回に分けて、十人ずつ家に来てくれ、順番は君らに任す。馳走しよう」

当直生徒が命令受領に来ると、以前に約束していたとおり、生徒たち全員を家で歓待する旨を伝えた。少工校の行事が矢継ぎ早に組まれていて、中々四週続けての受け入れが難しい。生徒たちもクラブ活動での試合や行事が組まれて、来いと言っても来れない者もいるので、班ごとというわけにはいかず、結局生徒の都合のつく日を四組に分けさせて応じるようにしたのだった。

今年は奮発して、外でバーベキューをすることにした。生徒たちの食欲旺盛なのは解っているので肉も野菜も一・五人前ずつ準備をさせた。もちろん名物の讃岐うどんもだ。十人ずつといったが、最初のときに一人来れない者がいて九人になったので、次の週に回した。次週も来れなかった者が二人いて、これも翌週に回し、四週目までに来れなかった五名は、五週目を準備して対応した。

四週目が終わったとき、とも子が予算オーバーを伝え、勇一は貯金を降ろして渡した。せっかく喜んで食べに来るのに、足りない状態にしたくない、腹いっぱい食べさせてやりたい、というのが勇一の思いだった。


六月二十三日の日曜日、湘南高校の文化祭が藤沢市の校舎で開催された。

出展の多くは全日制の高校生が主体となって絵や書道、手芸、生け花など、高校生たちの作品が展示され、また高校生による演劇やお化け屋敷、バザー、簡単な飲食物の販売などが催され、父兄や周辺の住民、高校のＯＢや他の学校の高校生たちが、たくさん見学に訪れて毎年賑やかだった。

その中に通信制と定時制生徒用として、それぞれ教室の一部屋が割り当てられ、通信制の教室には一般の生徒とともに、少工校の生徒が描いた絵や書道、詩や短歌、プラモデルの工作などが展示されていた。

当日は休みなので、希望する少工校生徒は誰でも外出して見に行けるのだが、少工校生徒会役員の十五名(各学年五名ずつ)は、会場の準備や作品収集・展示作業のため、朝早くから湘南高校に行くようになっていた。

このため役員の生徒たちは、事前にそれぞれの区隊長から早朝外出の許可をもらっていた。勇一の区隊から高見生徒が役員に入っていた。

高見たち役員は朝食を済ますと、七時に本部隊舎前に集まり、引率する斉木教官の指揮下に入り、マイクロバスに乗って藤沢市の湘南高校に向かった。

今日の高見はいつもと違い、心躍るものがあった。それは一般の人で通信教育を受けている岩村百代という女性に会えるからだった。百代は中学を卒業すると、鎌倉市内で伝統の銘菓を製造・販売する店に就職し、店員として働いている。

昨年の文化祭のときに、部屋の飾り付けをする係りになり、高見と一緒に作業をしたことから話をするようになった。偶然にも同じ山形の出身で、しかも白鷹町という高見の故郷・長井市の隣の町と聞き、話が弾むきっかけになった。お下げ髪に丸い顔で眼がくっきりとして、笑うと両頬にえくぼができ、一層可愛く見える。

お互いに住所を教え合って、文通するようになった。

百代は店の都合上、土日、祭日は休日ではなく、月曜日が定休日になっていた。だから中々二人で会うことができず、文通での会話が続いていた。それでもこれまでに、二人で二度デートをしていた。つまり少工校行事が日曜日に行なわれた場合、翌日が代休で休みになったときだ。

百代は長女で、弟と妹が一人ずついた。家は一町そこそこの田んぼの米作りが主で、冬間は父親が出稼ぎに出ているらしい。今はお菓子作りの下働きだが、いずれは美味しいお菓子を作れる人になりたいと言った。忙しいけど、せめて高校卒業の資格は取りたいので通信教育を受けている。社長さんが理解のある人で、スクーリングは休みの融通をしてくれるという。

「中学を卒業して、すぐに自衛隊に入れるなんて知らなかったわ」

最初のデートのとき、クリームソーダーのアイスを食べながら発した百代の言葉だった。親戚で一般隊員になっている人が教えてくれたので、少年工科学校生徒を受験できたのだと高見は応えた。

二人とも洋画が好きで、ちょうど『風とともに去りぬ』が上映中だったので、百代は是非見ましょうよと言った。高見は西部劇のほうがいいのだが、異論を唱えるわけにはいかず百代に合わせた。二回目のときもそうだった。

映画が終わってレストランで食事をするときは、百代の映画の感想を聴くのが決まりになっていた。百代は嬉しそうに、えくぼを見せながら話していた。

「僕は来年の九月には今の少工校を離れて、たぶん土浦市の武器学校に行くようになるんだ」

今年も同じように部屋の飾り付け係になった二人は、会話をしながら作業をしていた。作業分担を決めるときに、二人は自ら申し出て同じ係りになっていた。

「土浦だったらそんなに遠くはないわ。その時はお互い東京に出て会えばいいじゃん」

百代は横須賀弁のじゃんを使って照れくさいのか、ぺろっと可愛い舌を出した。一時間ほどで東京に来れるので、土浦をさほど遠い所と思っていない。そんな百代の言葉が嬉しかった。昼食は同期の二人と、百代と百代の友達の聡子という十八の女性と一緒に、校内の出店で売っている焼きそばとフランクフルト、ジュースを買って、テーブルを囲んだ。

午後二時半を過ぎると入場者が少なくなり、三時半には後片付けを始めた。四時に斉木教官から集合の指示があり、迎えに来ていた京浜急行のマイクロバスに乗って武山に帰った。百代と別れるとき、じゃあまたねと、さりげない言葉を交わしただけだった。先輩や同期がいるところで、若い女性となれなれしくするわけにはいかず、残念だけど見栄を張らざるを得ない。そんな高見の態度は百代にも解っていた。

(手紙で本音を知らせよう)

高見生徒の、楽しい湘南高校文化祭の一日は終わった。

七月半ばから下旬にかけて、少年工科学校では夏休み前の水泳訓練を、一年生、二年生の順で、近くの長浜海水浴場で実施していた。三年生は最後の富士野営訓練に集中するため、もっぱら訓練場での戦闘訓練に費やされていた。

長浜海岸は学校から三キロほど南にあり、全員徒歩で移動する。

水泳訓練は泳力の達者な者から、まあまあの者、まったく泳げない者のグループに分け、グループ内で二人一組のバディ編成をとって、能力に応じた訓練を行なう。

最終日には遠泳が行なわれ、それぞれのグループ周辺には救命ボートや浮舟を配置して、職員が舟の上から生徒の様子を監視し、いざというとき直ちに救助できるよう万全の安全態勢をとっていた。不安を持ちながらも、無事に泳ぎきった達成感は格別なもので、生徒たちの自信に繋がった。

水泳訓練が終わった後、八月四日から一年生は二週間の夏休みに入り、一週間遅れて二、三年生が同じ期間の休みになる。夏休みの近づくこの時期、生徒たちの気持は自ずと落ち着かない状態になっていた。

八月二日から七日の間、三年生が富士野営訓練で不在の八月三日だった。学校には一、二年生しか生徒がいない。学校の食堂で、勇一の区隊の亀山生徒が同じ区隊の鈴村生徒や下川生徒らと昼の食事をしているときだった。

「おい、きさま俺たちに敬礼しなかっただろう」

声がした一列向こうのテーブルで、二年生が欠礼したと思われる一年生に注意した。一年生はあわてて立ち上がり、声をかけた身体の大きな二年生に向かって謝りながら頭を下げている。

「そっちのやつは、ちゃんと俺たちに敬礼したのに、おまえは俺たちを無視した態度は許せん。何区隊の誰だ、名前を言え」

「四教六区隊の合田三郎です。欠礼して申し訳ありません」

合田という一年生は、直立不動の姿勢で応えた。坊主頭で真っ黒く日に焼けた顔に、おどおどした態度は、ひと目で二年生に恐怖を感じているのが解る。

とても都会っ子には見えず、おそらく田舎出身だろう。二年生の某は食事を終えたのか、立ち上がって食器皿を持つと、合田に食堂の裏にいるから飯を喰ったら来い、と言って出て行った。

言われた合田は、しょげた様子で食事を始めたが、これから先が心配でろくに飯が喉を通らず、箸が進んでいない。

「おい合田、大丈夫か。区隊長か助教に報告して、行った方がいいんじゃないか」

一緒にいた同僚が心配そうに助言をしている。

「いや俺が欠礼したのが悪い、先輩だってちゃんと謝れば許してくれるだろう」

不安はあるものの、合田はそう断言した。

自衛隊の、これまでにない特殊なきまりに従って生活していくのだが、一年生には未だ日が浅くて身につかないでいる者も多く、上級生からこの種の注意は頻繁に行なわれていた。

しかし時に上級生の下級生に対する注意が過激になり、暴力沙汰になることも過去の事例があるため、呼び出しを受けたときは区隊長や助教に必ず報告するよう教えられていた。

「牧田だ。あいづは、一年に対してやがましいがらの」

同期の会津若松出身の鈴村が、東北弁丸出しで面白くなさそうに言った。

「そうか、じゃあ俺が立ち会ってやろう」

亀山は牧田が同じラグビー部なので、不祥事になっては部の恥だと思った。

一年生の合田に合わせるようにして食事を終えると、亀山は少し離れて合田の後を追った。その後ろを鈴村と下川がついていく。

食堂の裏には牧田を入れて、二年生三人が合田を待っていた。

「おまえのさっきの態度は、俺たちに対する侮辱か」

食堂で注意を受けたとき、合田はすぐに謝ったが、顔が黒くて大人びた顔をしているので、牧田にはどうもふてくされたように映った。

「侮辱だなんて、とんでもありません。欠礼をして申し訳ありませんでした」

「申し訳ないで済むと思うな」

そう言うと牧田は合田の胸を手のひらで押した。柔道をやっている合田は中肉中背だが、一年生では体力があるほうで、軽く押しただけでは一歩も退がらなかった。

「おい、おまえも体力に自信があるようだな。ここは一対一で勝負しよう」

身体を押されたとき、よろよろと後ろに退がっておればよかったかもしれないが、動かなかったことに牧田は一人で怒り出してしまった。

「学年は違っても同じ三等陸士だ、問題ない。服を脱げ、来い」

そう言うなり、牧田は半袖の上着とシャツを脱いで、上半身裸になった。ラグビーで鍛えた身体は引き締まり、いかにも体力には自信がありそうだ。

まさか二年生に立ち向かう訳にはいかず、合田はどうしてよいか解らず、黙ってそのまま立っているしかない。日に焼けた顔はふてぶてしそうにも思えた。

「牧田、もういいだろう。許してやれ」

木陰に身を隠して様子を見ていた亀山が、歩み寄りながら声をかけた。

「おっ、亀山か」

牧田は驚いたように声を出し、照れくさそうに苦笑いした。亀山はラグビー部でも抜群の体力の持ち主で、練習試合で亀山の動きを止められる者は、同期では誰一人としていないほどだ。人に優しく同期にも人望があり、誰もが次期キャプテンは亀山だと疑う余地がなかった。

「君はもう行ってもいいぞ。これからは周りを良く見て欠礼をしないようにしろよ」

「はい、気をつけます」

大きな声でそう言うと、合田は亀山と牧田たちに向かって敬礼をして、その場を離れた。

「牧田、おまえは元気がありすぎるんだよ。だが後輩を困らしちゃいかん。お互い部活で鬱憤晴らしをやろうぜ」

「解ったよ、亀山には適わねえよ」

亀山が牧田の肩をぽんと叩くと、牧田は笑いながら首をすくめて舌を出した。牧田の癖なのだが、少工校生徒がまだ子供の証しだろう。


八月十一日から二、三年生の夏季休暇が始まり、勇一の区隊生徒全員が、親の元に帰って行った。勇一は生徒たちが頑張っている様子や、これからのスケジュール、そして休暇間の注意事項のお願いなどを書いて、親に渡すよう生徒に持たせた。

まっすぐ故郷に帰る者がほとんどだが、同期の家に泊まったり、旅行をしてから帰るという者も数人いた。

変わった帰り方としては隣の四区隊の山中という生徒が、宮城の実家まで自転車に乗って帰ったと聞いたときは、黒木区隊長がよく許可したなと感心した。無事に帰り着くまでの心中を思うと、とても自分には許可できないのではと思った。

誰もが若くして家を離れ、一人でこのような自衛隊の生活に入って、苦労しながら頑張っている姿は、勇一にとっても頭の下がる思いである。親兄弟や幼馴染の同級生たちに会いたい気持は、人一倍のものがあるように思う。

二週間の夏休暇が終わり、生徒たちが戻ってくると、二年生は主要行事が目白押しにつながっていた。九月半ばの運動会の準備、特に目玉種目の攻城戦（棒倒し）の練習や、十月二十九日の自衛隊中央記念式典のパレードに参加するための行進練習、また、十月三日から十日までの富士野営訓練に向けて、駐屯地訓練場での戦闘・戦技訓練などが活発に行なわれるようになった。

中央式典は、観閲官が総理大臣となり、神宮外苑をパレードするもので、首都東京に所在する第一師団の部隊と装備を要にして、職種部隊と特殊装備、防衛大学校学生や看護学生などが参加して、例年自衛隊関係者以外にも、多くの都民が見物に来ている。

その規模の大きさや立派さは、教官や先輩たちの話を聞いているだけに、参加する生徒の全員がしっかりしなければならない、という心構えで臨んでいた。

教育隊を各区隊二列の縦隊をつくり、六個区隊十二列を一個中隊とし、二個の中隊を編成して行進するもので、横の線を揃えて歩くのは、かなりの練習をしないとできない。さらには前後に振る腕の速さ、高さ、左右の足の歩幅、歩調合わせ、観閲台の前を通るとき、頭右の号令で顔を向ける動作の斉一など、二百五十人の動作を揃えることは、余程の練習と、精神力が必要になる。

パレードの声を聴くと、整然として格好の良い「防大生に負けるな！」の合言葉が、自ずと生徒たちの間に飛び交うほど、彼らは真剣になってくる。

生徒隊長から、富士野営訓練までは区隊ごとに各個、班、小隊の基本教練を反復演練して個癖の是正を徹底して行なうよう指示が出された。


九月十五日の敬老の日、全校生徒が参加して運動会が行なわれた。

各学年の奇数教育隊は赤組、偶数教育隊は白組として、競技種目を争うようになっている。徒競走、障害物競走、対抗リレーなど、一般の高校で行なわれる種目の他、二年生が行なう少工校伝統の攻城戦（棒倒し）が、最後の種目にプログラムされていた。

攻城戦は、競技内容に激しい攻防があり、幾度か予行練習をさせて、生徒たちにルールを徹底する必要があるため、二年生の競技種目に指定されている。

一チーム二百五十人の生徒が、立てた棒を守る組と、相手の棒を倒して旗を取る組とに分かれて、お互いが攻防し、棒の上の旗を先に取ったチームが勝つという競技だ。いわば二年生の第五教育隊と第六教育隊の勝負である。

三回戦って、先に二勝した方が勝ちになる。

拳や肘で殴ったり、脚や膝を使って蹴ったり、頭突きや指で眼を突いたり、首を絞めたり、関節技など、相手に危害を与える行為は禁止になっている。

競技の前には区隊長、助教、制服の学校職員が総出で生徒の周囲を取り巻き、指導態勢をとって危害防止に努めている。始まる前の昂ぶる気持は、生徒も職員もいっしょのように感じた。なお競技後の怨恨は一切持たないという約束を、生徒には徹底されていた。

いよいよ試合が始まった。見ている一年生も三年生も、そして職員、来観の父兄までが興奮して立ち上がり、まるで自分が闘っているかのように、手を回したり声を出したりして、贔屓のチームを応援している。

一勝一敗になって三回戦が行なわれ、赤組の第五教育隊が僅差の判定で勝利した。赤組リーダーの、生徒会役員をしている武畑という身体の小さい生徒は、皆に胴上げされて宙を舞っていた。第六教育隊は惜しくも負けたけれど、生徒たちに大きな怪我がなくて済んだことに職員一同安堵した。


九月二十七日、十期三年生の五百名が武山での教育を終了し、それぞれが選んだ職種学校に向かった。対称区隊やクラブ活動、同県人会や生徒会など、いろんな繋がりが、誰にもあって、営門で見送る後輩や、見送られる先輩が涙を流す姿は、少工校生徒の上下の強い絆を感じる場面であった。

十月初めの三泊四日の富士野営訓練が終わると、再び中央パレードの練習が始まった。これからは二年生全員で、十二列の隊伍を組み、校内の道路をいっぱいに使って歩き始めた。

「松谷生徒、前に出ているぞ。横の線を見ろ」

「佐田、手をもっと上げろ」

生徒が歩いている隊形の周りを、区隊長や助教たちが前に行ったり後ろに戻ったりして、揃っていない生徒に注意する。

「頭、右」

第二中隊二百五十名の指揮を執っている、中隊長役の稲森生徒が号令をかけた。本番であれば、ちょうど今総理大臣の前を通ろうとしている場面だ。

「徳永、銃を引け」

「藤内、目の玉じゃない、鼻筋を向けろ」

ザッ、ザッ、ザッ、二百五十名が半長靴で歩く音が、たくましく響く。

パレードの出来映えは、壇上にいる防衛庁長官や陸幕長などから、後日講評が伝えられるので、学校長からもしっかり頼むと生徒隊長が念を押され、区隊長や助教たちにとっても、自分たちの教育成果の見せ場だと、張り切らざるを得ない。

「整列休め」

「気をつけ」

グランドの中央では大隊長役の生徒会長の代田生徒が号令をかけ、後ろにいる幕僚役の四人が、代田に合わせて身体を動かしている。幕僚の一人に三区隊の亀山生徒がいた。幕僚の後ろには校旗を持った三区隊の徳永生徒と、その両横に旗衛隊員が小銃を担いで歩いている。旗衛隊員の一人は四区隊の高山生徒だった。彼らは本隊五百名の前方を歩く、言わば選ばれた花形役者で日頃から他生徒の模範者だった。

毎日午後の二時間ほどを使っての、行進訓練は土日を除いて、連日行なわれた。

十月二十九日の本番の日、朝四時に生徒を起こして輸送隊のトラックに載せ、神宮外苑の近くの広場に七時ころ到着した。すぐに朝食用の携行食を配って食べさせた。本番十時近くまでここで待機することになっている。十五分前に移動の指示が伝えられ、係りの指示に従って外苑の整列場所に移動した。

十時観閲式が始まり、総理大臣・佐藤栄作が壇上に上がると、観閲部隊指揮官、第一師団長・橋本陸将（士官学校四十五期、終戦時中佐）の指示で各部隊長が号令をかけ、一斉に頭を中央に向けた。制服・正帽に弾帯、半長靴を履き、白手袋をして銃を持っている。壇上には防衛庁長官の増田甲子七や陸幕長の山田正雄もいた。山田は勇一が、第三十六普通科連隊に勤務したときの、初代の第三師団長である。

総理大臣の式辞が終わると、橋本師団長の「観閲行進の隊形を取れ」という合図に従い、各部隊は移動を始め、観閲行進の態勢が完了すると、第一師団長を乗せたジープがスタートした。行進部隊は第一普通科連隊を先頭に、順次部隊行進が始まり、防衛大学生の次が看護学生、そして少年工科学校十二期生五百名が行進した。

「頭、右」

第一中隊長役・武畑生徒、第二中隊長役・稲森生徒の号令に合わせて、各中隊二百五十名が一斉に顔を四十五度右に向けた。堂々とした十六、七歳の少年の行進に、ひときわ大きい拍手が沸きあがった。

実際は音楽隊の音に交じって、異状なほど多い参列者や見学者たちの雑音のため、声は聞こえず、前の生徒の頭の動きに合わせるしか方法はなかった。そんなアクシデントに最良の対応ができるところが、少工校生徒の賢さだ。

勇一たち引率職員も、生徒の本番の行進を見ることができず、帰ってきた生徒たちに、うまくいったぞ、よくやったと誉め言葉をかけるしかない。

朝早くから起こされて、長時間の移動、式典では緊張した状態で訓辞を聞き、やっと歩き始めた観閲行進、その後、交通統制のためにすぐに動けず待機させられ、武山に帰りついたときは、夕方の六時を過ぎていた。ご苦労さんというのが当を得ている言葉だろう。


十一月中旬には二年生での体力検定を実施し二十二日から五日間かけて、近畿地方での部隊研修が始まった。

五百人の生徒を長距離間、まとめて引率するのは難しく、また受け入れ側の都合もあって、第五、第六教育隊ごとに分けて、日にちをずらして行動した。

これは生徒たちに、実際の部隊や職種学校をいくつか見せて、将来自分が進む職種を選ぶ材料を提供するものである。この際、近辺の名所旧跡を訪れて見聞を広めさせることも考え、近くの駐屯地に宿泊するよう計画されていた。

豊川の第十特科連隊を研修した後に、豊川稲荷や熱田神宮を見学、明野の航空学校で研修した後に、伊勢神宮を参拝したり、宇治の関西補給処の研修時には、宇治の平等院や京都の神社仏閣を見学させたりした。また奈良の東大寺や飛鳥の法隆寺にも足を伸ばして見学した。必要に応じて歴史教育の一環として社会科の教官がその都度、詳しく説明した。

京都の清水寺では、会津の高校生が修学旅行で回っているのと遭遇して、懐かしかったのか会津出身の鈴村生徒が、ずうずう弁で親しげに話かけていたのは、みんなの笑いを誘った。

近畿の部隊実習が終わると、十二月中旬の期末試験に向けて、消灯後の延灯を申し出る生徒が多くなり、遅くまで勉強する者は十二時を過ぎても頑張っていた。

基本的には翌日の課業の影響を考慮して、十二時までというきまりになっていたが、勉強をしようとする意欲を暗黙の内に認めているのだろうか、寝ないとだめだぞと、軽く声をかけて通り過ぎる巡察の当直幹部がほとんどだった。

一年生は十二月二十二日から冬期休暇が始まり、二年生は二十九日から二週間の休暇に入った。夏の時と同じように、勇一は両親に渡す手紙を生徒に持たせて送り出した。

休暇で帰らせるたびに、事故を起こさなければいいが、事故に巻き込まれなければいいが、と無駄な心配をするのも、区隊長という職務柄止むを得ない。

勇一も生徒を送り出した翌三十日に、一週間ほど家族を連れて二年ぶりに、故郷高松に帰った。今は容体が落ち着いているようだが、十二月初めに父親の甚十郎が、風邪をこじらせて肺に水が溜まり、炎症を起こして入院したという知らせがあり、親父も年老いて何があるか解らないから一度帰っておこうと、とも子と相談して決めていた。

幸い暮れには外出が許されて自宅に戻り、親子水入らずの正月を迎えることができた。二年ぶりに見た甚十郎と母・ヨシの頭に白いものが目立ち、思った以上に年老いた感じを受けた。とも子も自分の両親に、同じように感じたと言っていたが、血の繋がった親子の想いからくるものだろう。

いつものごとく帰るとすぐに、ご先祖のお墓参りをし、正月には家族で金刀比羅宮にお参りして家族の安全を祈願した。今回は子供二人とも元気に、自分の足で石段を登った。

年が明けた昭和四十三年一月七日、勇一たち家族は、横須賀・武山の借家に戻ってきた。翌八日から当直幹部に就くようになっていたからでもあり、生徒の受け入れ準備もしておかなくてはならない。

一月十一日、十二期生五百名が少工校に戻り、再び楽しくて忙しい毎日が始まった。

「故郷の名産、明太子です。母に持たされました」

福岡県出身の萩下がみやげ物を差し出した。彼女とも東京で会って明治神宮に参拝したらしく、嬉しそうな笑顔をみると順調な交際を感じた。

「これは親父から区隊長にと言われました」

徳永が持ってきた物は、鹿児島の芋焼酎の入った瓶だった。

休み前には、おみやげ一切不要、受け取らずと言っているのだが、親からだと言われると断るわけにはいかず、まして焼酎では生徒に持たせるわけにもいかない。

「重いのにすまんのう、お父さんによろしく伝えてくれ」

勇一は、そう言うしかなかった。


一月十六日、十期・四年生の四百六十名が職種学校での教育を終えて、武山に帰ってきた。勇一が担当した生徒三十八名もたくましくなって、区隊長、区隊長と言いながら、代わる代わる近況報告にやってきた。

大学に行くと言って辞めた二名は残念だが、本人が考えて決めたことで、将来の成功を祈るほかない。

たったの一年三カ月ぶりというのに、誰もが身体が大きくなって大人びて見える。陸士長の階級章のせいか、大型自動車の運転免許を取得したためだろうか。そうではない、職種学校や部隊実習で、人生の先輩たちにいろいろと学んだことが自信となっているように思える。

この三月下旬には三等陸曹に任官して、全国津々浦々の部隊へ飛び立って行くのだ、さらに経験を積み重ね、大きく成長していくだろう。実に頼もしい限りだ。勇一はわずかの期間であったが、そういう彼らの教育にたずさわったことに誇りを感じていた。

生徒のやる気を起こす策

「二月の持続走大会には、全員がベストを尽くして優勝するよう頑張ろう」

少工校生徒に暇の文字はない。さっそく区隊体育委員の弓端生徒が、二月十七日の持続走大会の区隊目標を掲げて、生徒たちに激を飛ばした。

いずこの区隊も同じで、さっそく猛練習が開始された。

この大会は、生徒全員が十キロメートルを走って総合点を競うので、一人として手を弛めることができない。つまりタイムが三十秒ごとに点数に換算され、その合計点を争う。風邪を引いたり、足をくじいたりして走れない者は、最後尾とみなして最低点になっているので、健康管理にも注意を払う必要があるのだ。

個人についても、十位までが表彰されるようになっていた。

「わしは長距離が苦手じゃきのう、生徒たちには発破をかけるが、技術指導は桜田助教に頼むしかないのう」

元六師団の選手で走った桜田は、全国大会にも出て経験が豊富で、まさに持続走のコーチ気として適任だった。

「区隊長、この大会は誰も優勝を予想できないのが特徴なんです。それは生徒たちのやる気の良し悪しにかかっているからです。生徒の気分が乗ると、思いがけない力を出すので、昨年も大会前の成績が八、九番だった区隊が勢いに乗って優勝しているようです。是非区隊長には、やる気を起こす策をお願いします」

走る指導は、出来る限りのことをやりますからと、桜田は自信ありげに言った。

「やる気を起こす策……、よく解らんが考えてみよう」

大会に臨む勇一の役割が明らかになった。精強部隊に必要とされる規律・団結・士気という言葉が頭に浮かんだが、生徒たちにそんな硬そうな文言を並べても、通じるはずはないだろう。

毎日課業が終わると、平日は食事前に三キロの距離をグランドや道路を走るようにしていた。先頭を走るのは体育委員の弓端で、最後尾には桜田助教が走り、声をかけている。桜田は、ときには前に出てペースを速くしたり、最後はダッシュをさせたりしていた。週末の土曜日の午後は、五キロのタイムトライアルをして、中間の土曜日には十キロのタイムを測定した。日曜日は走らないで二時間ほどかけて身体を揉みほぐしたり、ストレッチをしたりして疲労回復に努めていた。

桜田は生徒の様子を見て、疲れが溜まっているとみると、軽く走らせて体操やストレッチに切り換えている。

勇一は桜田のやり方には一切口を挟まずに見ていたが、二回目の五キロのタイムトライアルのとき、短パンになって一緒に走った。

十キロは無理そうだが、五キロくらいならどうやら走れるのではないか、いつも一番遅い柔道部の出中生徒の走る様子を見ていると、これならついていけそうだと思ったからだった。

だがこれは勇一の読みの浅い結果になった。

走り始めて二キロくらいまでは何とか出中にくっついていたが、それを過ぎると息が切れ、足が上がらなくなってきた。十メートル、五十メートルと離され、二百メートル以上も離れて、角を曲がっても出中の姿が見えなくなっていた。

(こりゃまずい、格好つけようとしたのが失敗だ。だがやめるわけにはいかんな)

今にも倒れそうな姿で走っている。すでに出中はゴールしており、走っているのは勇一だけだった。

「区隊長、無理をしなくてもいいですよ」

生徒たちがみんなで声をかけていた。

「田山区隊長、もう少しです。頑張れ」

ゴールまで二百メートルほどの所で、制服を着た五、六人が声をかけた。見ると教え子の十期生徒だった。こうなれば何が何でもゴールをしなければならぬと思った。

「区隊長、ラストスパート」

体育委員の弓端が最後の力を搾り出すように言った。生徒たちのてまえ、スパートをかけようとしても、足が動かない。そのままよろよろとへたり込むようにゴールインした。息をするのがやっとで、一歩も歩ける状態ではない。

「わーっ！」

生徒たちの大きな笑い声と、拍手が起こった。

（こいつら、わしの気も解らんで楽しんでいやがる。走らなきゃよかった）

それから三日間は足が痛くて、勇一は右足を引きずるようにして歩いた。


二月十七日、持続走大会の日を迎えた。少し肌寒いが青空の下、風も穏やかで走るにはちょうどいい。

九時三十分、生徒隊長・嶋中一佐（士官学校五十四期、一月の異動で着任）のピストルの音で、Aグループ（五、六教育隊の半数の生徒）二百五十名が発走した。コースは駐屯地内の道路を二周する十キロのコースで三十〜五十分ほどかかる。ゴールする時は、異なる教育隊のBグループ（残りの半数）のペアの生徒が介助するようになっていた。

十時三十分にBグループが出発して、十一時二十分には全員走り終わり、集計に取り掛かった。

「区隊長、三区隊はもしかすると優勝するかもしれません」

桜田が勇一に嬉しそうな顔をして言ってきた。

「まだ集計中なのに判らんだろう」

確かに走り終えた生徒たちの顔は笑っている者が多い。だがそれは競技を終えてほっとしている気分の表れだと思っていた。

「ほとんどの者がベストの記録を出しているようですので、悪くても三位以内にはなりそうですね」

桜田は生徒一人ひとりの記録を把握しており、声をかけて結果を訊いて廻って、彼なりに計算したのだ。

勇一は生徒たちが、一人として脱落せずに無事に走り終えたことに満足していたのだが、指導者たる者は桜田助教のようでなければならないと恥じ入った。

十二時から表彰式が行なわれ、桜田の予想通り六教三区隊が優勝した。個人も三位に弓端が入り、亀山が八位になって表彰された。

式が終わると、生徒たちが勇一を胴上げしようと集まってきた。

「わしは腰と足が痛くてだめだ。医者に止められている。桜田助教を上げろ」

勇一の指示を受けて、生徒たちは桜田二曹を取り巻き、わっしょい、わっしょいと、掛け声をかけながら胴上げをした。

どの顔も笑いながら涙が光って見えたのは、自分たちの努力に満足した証だろう。つい勇一も嬉しくなって眼を潤ました。

思いがけない優勝の嬉しさだろう、生徒たちから祝勝会をさせてもらいたいとの提案を受け、夜の自習時間を祝勝会に当てることを許可した。

生徒たちは十六、七歳と未成年のため、飲み物はジュースやコーラで、食べ物は何種類かの袋菓子を、まとめて売店から買ってきて机の上に広げていた。

勇一は生徒の努力と成果に敬意を表する意味で、ケーキを買ってみんなに出した。

生徒の中には意外な芸達者がいる。ギターの上手な佐田は、弾きながら持ち歌を唄うと、その後は他の生徒が唄う伴奏をして盛り上げた。

生徒の間から宮口、宮口と声がかかり、宮口が立ってギターに合わせて唄い始めると、生徒たちの雑音が消えた。プロ並みの上手さに、勇一は思わず聞き惚れてしまった。意外な特技を見せ付けられた思いである。

詩吟部に入っている会津出身の鈴村は、持ち前の会津白虎隊を披露した。終わった後にいつもの口癖「会津白虎隊は、泣きごとを言いません」というと、生徒たちから笑いと拍手喝采を浴びた。

少工校の音楽隊の一人である萩下は、トランペットで二曲演奏して、楽しませてくれた。

このような場合、各人必ず何かをやらなくてはならないルールが出来ていて、体験したおもしろい話をしたり、勇一や桜田など学校職員の物まねをしたりして、二時間はあっという間に終わった。

二月二十五日、四区隊長の黒木一尉が幹部上級課程に入校して不在するので、代わりに高井三尉という教育部の応用化学の教官がくるという話を知らされた。

そして教育隊長の村井は勇一に、以後の戦闘・戦技訓練は、四区隊の生徒も一緒に教育するよう指示した。つまり勇一が主任教官となり、四区隊長の高井三尉が補助教官として、生徒の訓練を担当するということだ。

高井は昨年七月、専門基礎学の応用化学の教官として少工校にきて間もない。職種は化学科だが一昨年四月に幹部候補生学校を卒業すると、神町駐屯地の第二十普通科連隊に配属されて勤務していた。

普通科職種の地を這いずり回る訓練が嫌いな高井は、少工校の応用化学の教官職を打診されると、一も二もなく返事をしたという。そんな高井に、一年もしないうちに区隊長というう職務が与えられたのだ。勇一はこの話を聞いたとき、学校上層部は生徒教育を何と思っているのか疑問を感じた。

（将来自衛隊の中核となって、働いてもらおうとする生徒を育てるのに、そんな応急手当のような区隊長の選定でいいのだろうか）

いつも真剣な気持で、生徒教育に誇りと熱意を持って当たっている自分たちの思いが、軽んじられたように感じた。

さっそくその気持を教育隊長の村井にぶっつけたが、村井は短期間の入校などの場合は、学校内で補充をするようになっているので止むを得ない。確かに高井は生徒の区隊長として適任とは思えない。だが教育隊としてはこの半年間を、与えられた陣容でこなすしかない。だから、君が四区隊の生徒も合わせて戦闘・戦技訓練を教育してもらいたい。組織上、高井を補助教官とするが、あいつをも教えて育てねばならん。同じように懸念を抱いていたからこそ、村井は勇一に指示したのであった。

勇一としては納得できなかったが、これ以上言うわけにはいかないと思った。

三月二十五日、十期生は三等陸曹の階級章を襟に付けて、少年工科学校を巣立っていった。自衛隊で飯を喰っておれば、いずれ何処かの部隊で再会するだろう。そのとき、さらに成長した彼らを見るのも楽しみの一つである。

三月二十九日、十二期生が一等陸士に昇任し、二回目の武山登山を全員で行なった。頂上に上ると、教育隊長の村井は東の方(皇居)を向いて一斉に敬礼させた。

区隊としては今回、趣向を凝らして生徒一人ひとりに、今抱いている目標の一つを大きな声で叫ぶようにさせた。多くの者が、このまま努力を継続して三等陸曹になるとか、立派な自衛官になる、クラブの試合で優勝する、体力検定で一級をとる、などと叫んでいたが、印象に残ったものが二つあった。

一つは萩下が三曹になったら彼女と結婚するぞ、と皆の前で堂々と宣言したときには、たいしたものだと驚いた。生徒の間では周知だったようで、久美子、くみこ、と囃し立てられながら拍手喝采を受けていたこと。

もう一つは亀山が将来、区隊長のような幹部になると言ったとき、そうだ、そうだと、数名の者が相槌を打ったことだ。勇一は照れくさくて、持続走が遅いのはだめだぞと付け加えたら、みんなからどっと笑われてしまった。


四月に年度が改まり、一日から三日にかけて、十四期生徒が入校してきた。受け入れ作業に関係職員だけでは間に合わず、十二期生徒全員が手伝いに借り出されていた。

職員が営門の近くで受付すると、案内係の六教三区隊の三年生は、対称区隊になる二教三区隊所属の新入生を順次、二号隊舎の東側にある第二教育隊の三区隊居室まで連れて行った。居室にはそこの区隊助教と、指導生徒に選ばれた三年生の亀山と高見が居て、ベッドやロッカー、あらかじめ用意されている個人装備品や日用品を説明していた。

他の三年生たちは、新入生を需品倉庫に連れて行き、本人の寸法に合った制服や作業服、半長靴などを受領させ、戻ってくると名札や階級章の縫い付け、ベッドの取り方などを教える。三年生の誰もが、二年前の自分を思い出しているのか、笑顔を見せて丁寧に教えている光景は、実に微笑ましい。

三日に十四期生全員が着校すると、四日目からは三日後の入校式に間に合わせるため、最小限必要な自衛官としての動作を教えなくてはならない。

敬礼、気をつけ、休め、右向け右などの動作、歩くときの手の振り方、歩幅などの個癖の修正など三年生を使って、マンツーマンで教える。

それだけではない。入校式のとき生徒全員で歌う校歌を覚えさせなくてはならず、夕方には対称区隊の三年生が総出で、新入生に練習させていた。

四月七日の入校式当日、駐屯地劇場(学校の講堂としても使用)の前の方の席には一年生が、三年生は後方の席に座った。その後ろの席と二階の席に参観の父兄が座って見ていた。

陸幕第五部長・大島陸将臨席のもと、式が始まり、高森校長の式辞、第五部長の祝辞など式次第が進むたびに、起立、敬礼、着席の動作を教えたとおりに出来ているか、後ろにいる三年生たちは一番の気がかりで見ていた。

希望に燃えてはつらつと　高鳴る血潮胸に秘め　ここ武山に集い来て
心と技を鍛えつつ　いざ諸共に励まなむ　我等は少年自衛隊

式の最後は校歌で締められる。三年生も一緒に歌うので、一年生はまだ完全に覚えていないのか、後席の十二期生の声がひときわ大きく館内を響かせて、入校式は無事に終わった。

四月十九日、少年工科学校の開校祭が行なわれた。新入生の十四期生徒と二年生の十三期生徒、そして父兄たちに、近い将来にはこのように成長するという意味合いを込めて、昨年十月の中央式典に参加した三年生のパレードを披露した。

このため十二期生は事前に三度、一日一時間ほどの練習をした。すでに要領を体得しているので、ある程度練習をすれば、すぐに復活できるのである。

当日も期待通りに、堂々の行進をして拍手大喝采を受けた。一、二年の後輩たちには、自分たちもあのようになりたいという希望を、参観の父兄には、息子もあのように立派な行進ができる自衛官になれるという嬉しさと安心感を与えたことは、間違いないだろう。

午後は武道展示といって、三年生が柔道部、剣道部、銃剣格闘部、空手部、合気道部などのクラブ活動を新入生に紹介して、部活の選択の材料にしてもらおうと計画したものだ。これも父兄に見てもらい、あのようにたくましく技術を身につけられるという希望と安心を与えるものだった。

四月二十七日、武山射撃場において小銃の実弾射撃を実施し、その能力判定をした。これまでは狭窄弾といって、少ない火薬を込めた薬きょうと弾を使って、距離二十五メートルでの射撃を行なっていたが、これはあくまで実弾射撃に至る過程であって、自衛官が行なう本来の射撃ではない。

判定は二百メートル離れた的に向かって実弾を発射し、的に当った弾痕の位置を採点するものだ。たいていの隊員が身体に感じる反動の大きさに驚き、萎縮して狙った的に当てられなくて級外になるのが多い。

射撃は自衛官にとってお家芸の一つである。部隊では競技会があるほどで、区隊長や助教たちは、一点でも多くとって一、二級の点数に到達させ、自信を持たせようと教えている。

勇一は射撃に関しては準特級射手の腕前だったので、教範に書かれたものだけでなく、自分が連隊にいるときに特級射手の陸曹に教えてもらった要領、すなわち照準にこだわらず、正しい見出し(照門の中央に照星を保持)をしっかりやるよう強調した。照準にこだわれば、狙い(照星の中央に的を保持)の方に気がそがれ、多くは見出しが、疎かになるからだ。自分としては生徒たちにわかり易く教えたと思ったが、意が伝わらなかったのか、他の区隊に比べて級外が多かったようで、教える難しさを痛感した。

やすらぎの池

五月の連休が明けると、九月の終業式まで四カ月を切った。途中六月半ばに一般基礎学科の中間試験があるものの、生徒たちの心は戦闘・戦技の総仕上げとして、七月二十九日から八月六日の間に計画されている富士野営訓練での成果に心が奪われるようになった。

勇一も助教の桜田も、如何にして訓練成果を上げようかと知恵を絞っていた。

この頃の日課は、午前中は一般基礎学課目の授業を受け、午後はもっぱら野外における戦闘・戦技訓練の課目が連日組まれた。

一、二年生で学んできた内容をさらに具体化して、実践的な訓練を行ない、武山を去る生徒たちに印象を残したい、部隊で役に立つ訓練をするにはどうしたらいいか、限られた時間と場所をどう使えばよいかなど、第六教育隊の三年生の区隊長や助教たちが、一同に会して意見を出し合っていた。

今年は、富士野営訓練の最後の攻撃に、学校長が各区隊の訓練状況を視察して、優秀区隊を選んで表彰するようになっているので、教育隊長をはじめ、区隊長や助教たちにも熱が入って、自ずと生徒たちにも伝わった。

優秀区隊に選ばれるのは名誉なことだ。少工校生活の総仕上げにふさわしく、武山を送り出すのにいい思い出となり、関係者の誰もが意欲を心に秘めていた。

すべてそれは、一生懸命やった努力の積み重ねの結果であり、最も大事なことは、基本・基礎動作を如何に確実に身につけさせるかと勇一は思っていた。生徒の将来を思えば、少工校での戦闘・戦技訓練を許される範囲で、より厳しく、苦しい状況を体験させ、これを克服させることが、彼らの印象に深く残り、役立つものになるのではと考えた。

事実そんな考えの下、勇一は二年前の八月に十期の区隊生徒を、戦闘訓練終了後、小公園の中にある、やすらぎの池に連れて行き、池の中に入れて北側の岸辺に沿って歩かせたり、泳がせたりしたことがあった。

このときは晴天で、日差しが強くて暑かった。作業服に付いた塩と汗を落とさせてやろう、冷たい水に浸かれば生徒も喜ぶのではと思い、銃を岸に置かせて順番に池の中に入るよう指示をした。生徒たちも楽しそうに、かがんだり、少し深い方に寄ったりして、作業服に付いた泥を落としていた。水を頭にかけている者や、数人の泳ぎの達者な生徒は、中央に寄って泳いでいた。どの生徒も笑顔を見せており、苦しい訓練の気休めになって、印象に残るだろうと思った。

この池は昭和三十八年二月、武山駐屯地内に航空自衛隊の対空ミサイル・ナイキ基地が建設されたときに、外壁の土堤を築くための土を掘り出した跡地だ。その後、年月を経て雨水が溜まったもので、東西七十メートル、南北四十五メートルほどの広さの池になっていた。当初掘った深さは、十メートルを超えるほどもあったようだが、年が経つうちに周辺の泥が移動して五、六メートルほどに浅くなっていたらしい。周辺には散策できる小道がつくられて、隊員たちの憩いの場にもなっていた。

歳月が経つにつれ、誰かが放流したのだろうか、フナや金魚やザリガニが生息するようになり、昼休みや、土日の休みのときに、職員や生徒たちが魚やザリガニを釣って楽しんでいる姿がしばしば見られた。

そんなことから、誰ともなく〝やすらぎの池〟と呼ばれるようになった。


駐屯地内の戦闘訓練場では、十二期の三年生たちが競い合うかのように、地を這いつくばったり走り回ったりする姿が、あちこちで見られる。

「山中、そこで止まるな、もっと前に出ろ」

「小池、声が小さい、それじゃ班長に聞こえんぞ」

区隊長や助教たちも生徒と一緒になって走り、大きな声で助言や指導をしている。

戦闘訓練のときは動きが大きくて、一人では生徒についていけないので、他の区隊から助教が応援にくるようになっている。だから三、四区隊合わせて七十八名の生徒に、勇一と高井、そして四人の助教が生徒の動作を見て、個々に指導していた。

訓練が終わると、銃を胸に抱え(ハイポート)させて、大きな掛け声を出しながら、わざわざ一、二年生隊舎の近くを走り、自分たちの隊舎に帰るのが通例になっていた。

声が大きくて揃っていると、聞く側の生徒に元気さが伝わり、三年の何区隊だろうかと、後輩たちが窓から顔を出してくる。そうなると走っている彼らは一層大きな声を張り上げて、元気な姿を見せようと頑張るのだ。

時には区隊長や助教たちは、厳しい訓練に耐えた褒美代わりに、そのまま海辺に走らせて膝あたりまで海水に浸からせたり、プールや防火水槽に入れたりした。

生徒たちにとっても暑い日差しの中、汗をかき泥まみれになった身体を水に浸すことは、一服の涼しさを味わう楽しいひと時になった。訓練が終わった後に、このように生徒を水に浸す行動は、どの区隊でも実施するのが恒例になっていた。

「わしはこれまで同期の中では一選抜で昇任してきたが、今日発令された三等陸佐の昇任には外れてしまった。これからの自衛隊人生は余程頑張らんといかんということじゃ」

七月一日の朝礼時、勇一は区隊の生徒を前にして残念そうに言った。彼の頭の中に、目標にしていた善通寺の第十五普通科連隊長の文字が、遠く離れていくのを感じた。

勇一は一度とはいえ、指揮幕僚課程の一次試験に合格した実績があり、同期の小田たちからも田山は七月には三佐になるだろうと言われていたので、つい自分もそうなるのではと期待を持っていた。

小田から幹部候補生学校同期の昇任者の名前を聞くと、これまでは勇一より序列の下の者が昇任しており、一層残念な心境になった。

人のよさそうな区隊長の落胆した姿は、幹部の昇任がどんなものか、一選抜とは何なのかがさっぱり理解できない生徒たちにも、勇一の気落ちした心の中を感じさせた。

しかし生徒たちは、何も返す言葉を見つけることは出来ない。

（いかん、生徒には関係ないことだ。気持を切り換えないとまずい）

そう思い直すと意図的に笑顔をつくった。

「まあ人生思うように行かないこともある。そういうときこそ、次に頑張って取り返してやろうと前向きに考えることが大切だ」

生徒たちは富士野営訓練を控えて燃えている。ここで盛り上がっている士気を落としてはならない。何としても高まっている生徒の気持を継続させなくてはと思い直し、自分にも言い聞かせるように言った。

「今日も午後からの戦闘訓練を頑張るぞ、午前中の授業は居眠りせずにやって来い」

笑いながら生徒に、一般基礎学課目をしっかり学ぶように気合を入れた。

（幹部特修課程には何としても行かなくちゃならん）

そう思っても、一選抜から外れた現実を考えると、先が見えなくなっていた。防衛大に負けまいと頑張ってきた無念さに涙が出た。

その夜十時、勇一は床に就いても、昇任に洩れた悔しさがよみがえり、すぐに寝付けなかった。悶々とした気分が二時間ほど続いていたが、昼間の訓練で走り回った疲れが出たのか、いつの間にか眠ってしまった。

明けて七月二日、朝から厚い雲が空を覆って雨がしとしと降っていた。昨日まで三十度もあった気温が、今日は日中でも二十二、三度の予想らしく、とても真夏の気候とはいえない低い温度になっていた。

「田山一尉、あまり気温が上がりそうにありませんが、午後の戦闘訓練は如何いたしましょうか」

高井二尉が低い気温に濡れた場合を心配して、勇一に問うた。高井は昨日付けで二等陸尉に昇任していた。

天候によって訓練に支障をきたす場合などは、ときには課目を入れ替えて室内の座学で出来る課目に変更することもあった。

「雨だからといって、この程度で課目を変えるほどではないだろう。戦闘訓練で身体を動かせば温まってくるよ」

勇一は二十二、三度であれば、生徒たちはかえって動きやすいのではと判断した。雨が降るからといって戦争を止めた事例もなし、そういう意味でも今日は外で泥まみれになって生徒に現実の厳しさを味わってもらおう。予定通り野外で実施するので準備を進めておくようにと、高井と四人の助教に指示した。

富士野営訓練時には、雨が降っているかもしれない。雨だからと、校長や生徒隊長が視察を止めるわけでなし、これが自衛隊の本質であることを生徒に教えるにはいい機会だと思った。

午後一時十分、戦闘訓練場には、六教三区隊の生徒四十名、四区隊の生徒三十八名がヘルメットを被り、作業服に半長靴を履き、M1ライフル銃を持って、勇一の前に整列していた。横には補助教官の高井二尉と助教の四名が並んでいる。

雨は午前中よりやや強まっており、厚くて黒い雲を見ると、とても止みそうには思えない。すでに作業服は濡れて下着にまで、雨がしみているように感じた。

「君たちのやっている動作を見ていると、基礎動作である前進、発進、停止、ほふく動作が、いいかげんになっているようだ。今日は今一度これらの動作を演練するので、自分の身体にしっかりと叩き込んでもらいたい」

そう言うと、助教一人ひとりに動作の展示を指示した。上川二曹、桜田二曹、宮戸三曹、津山三曹の順で展示をさせて、勇一が動作上で特に注意する点や生徒の悪い癖などを説明した。展示を終えて立ち上がった助教たちの作業服は、当然に泥だらけになっていた。

必要に応じて勇一自らも、身体を伏せて実施してみせたので、勇一の作業服も泥がついて汚れていた。

「これから四つのグループに分かれて、それぞれの場所で今の動作を十五分間、反復演練する。移動の指示が出たら一番は二番に、……三番は四番の場所に移動せよ。助教は打ち合わせ通り、その場で順次生徒にやらせて指導せよ」

四箇所に分かれて、展示した動作を繰り返し演練するよう指示した。勇一と高井は逐次見て周って全般の指導に当たった。

雨は強くなったり、弱くなったりして降り続き、止みそうになかった。

(雨の中を頑張っている生徒たちに、何か印象深い形にして今日の訓練を終わらせたいな……、攻撃の状況を作り……、一連の動作をさせ、突撃する方法は……)

三十分が過ぎた頃、勇一は生徒が泥んこになって頑張っている姿をみると、ふと最後には印象に残る形はないかと思い立ち、高井にちょっと偵察してくる、と言ってプールの方に歩いて行った。勇一はプールの東側の空き地に来ると、前進、発進、停止、ほふく、突撃の一連の動作を実施させる要領を組み立てた。

そして、訓練場の向こうにある池に眼を向けて考えていた。

(最後に突撃で終わってはいつもと同じだ。引き続き池を渡らせて敵をやっつける、という状況にしたほうが印象深くなるな……、そうしよう)

敵を池の向こう側にいるように想定すればいい。池を渡るときに足を滑らせたりしたら危ないから、西側には南北にロープを張っておこう。

前段の各個訓練が終わったら、後段は頭に描いた一連の攻撃動作から池を渡らせて、終わりにしようと決めた。

元の訓練場所に戻ると、高井に事後の訓練内容を説明して、ロープとタイヤチューブ(浮き輪)を持ってくるように言った。いざというときの安全策だ。

「事前の打合せには、池を渡る予定はなかったはずですが」

勇一から後段の訓練要領を聞くと、高井が不満そうに口をとがらせた。

「生徒たちに印象を持たせることは、これから先に必ず役に立つはずだ。若干の融通は訓練担当者に任されているのだ。わしが責任をとるから持って来い」

生徒たちが泥だらけになって訓練しているのを、ただ傍観しているような高井の言葉に苛立ちを感じて命令口調になった。

高井は解りました、と小さな声で言うと、隊舎にロープと自動車のチューブを取りに行った。その態度は明らかに不服そうだったが、勇一は知らぬふりをした。

一通りの各個動作の演練が終わると、十分間の休憩をとらせた。勇一自身も濡れていたが、地を這っている生徒たちの服は、下着まで泥にまみれているのは確かだ。

「雨の降る中、みんなよく頑張った。後段は前段演練した各個の動作を、一連の流れにして訓練する。全員プール北側の道路に移動せよ」

休憩が終わると、生徒を集めて次の行動の指示を出した。

そして銃を持って、河に入るときはこのようにするのだと言って、前にいる生徒の銃をとって負い紐をのばし、勇一自ら襷掛けに背負ってみせた。

「忍者部隊月光のようですね」

勇一の格好を見て、四区隊の佐田生徒が言ったので、みなどっとわらった。

「そうかもしれんが、銃は身を守るために大事なものだ。いかなる場合も身体から放してはならん、銃無くして敵をやっつけることはできんのを忘れるな」

そして池に入る前に銃の部品や装具など落ちないようにしっかり点検するよう念を押した。池の中で物を落とすと、とても見つけるのが難しいからだ。

(もしかしたら区隊長は、やすらぎの池に入れるかもしれない……)

多くの生徒が、勇一がこれからやろうとしている事を感じたが、泥だらけになった作業服を思うと、池に入ったら水で、泥を落としてやろうと考えた。

「三、四区隊は一丸となって、小公園の敵陣地を攻撃する。わしが先頭で逐次動作を変える指示をするので、前列の者から順に前段訓練した各個動作を行ないながらやすらぎの池手前まで前進せよ。まずは敢為前進」

そう言うと勇一は、やすらぎの池に向かって歩き始めた。三十メートルほど行くと、静粛前進と号令をかけた。生徒は号令に従って音を出さない静粛前進の動作に移った。状況は夜間暗闇での攻撃動作だ。

「照明弾!」

と大きな声を発すると、生徒たちは動きを止めて、静かにその場に伏せた。敵の照明弾が頭上で光って、地面を照らしている状況だ。このとき勇一は、助教の桜田に手を指して、やすらぎの池にロープを張るよう合図を送った。

桜田は津山を伴って、ロープの展張作業にとりかかった。

「ほふく前進」

勇一の号令がかかると、生徒たちはその場に身体を伏せて、第一ほふく、第二、……第四ほふくと動作を変えて前進した。

「突撃に、進め！」

「突っ込め」

号令に合わせて生徒たちは立ち上がり、射撃をしながら前進し、突っ込め、の号令で、わーっと声を上げながら走り、池の手前で停止した。

最後列の組が突入動作に移ると、勇一は池の端に出た。

「ここは河だ、これから河を渡って、小公園にいる敵を攻撃する」

生徒たちは銃を襷掛けに背負いながら、岸辺に集まってきた。

助教の津山は、手前岸の柳の木にロープを結び、桜田はロープを伸ばして、向こう岸の木に縛りつけようと移動をした。展張された位置は、西側の岸に沿って十五メートルほど離れていた。補助教官の高井、助教の上川と宮戸は、説明のないまま、勇一の勝手な行動に不満を抱きながら、生徒たちの行動を後から見ていた。

「俺が先頭で行くから後に続け。泳ぎに自信のない者は、ロープ沿いに来い。泳げない者は、岸伝いを歩け」

膝まで浸かったところで、勇一は生徒に向かって言うと、そのまま歩いて胸の深さほどのところから向こう岸の方に向かって泳ぎ始めた。

これを見ていた岸辺の生徒たちは、区隊長に続けとばかり、我先になって池に入っていった。前列にいる者は、後ろから来る者に押されて、池に入らざるを得ない。

その動きは、泳げなくて岸伝いに行こうとする者までも前に押し出し、引き返そうとする者、横に行こうとする者、早く前に出て勇一に続こうとする者など、行動がちぐはぐになってしまった。

「あわてると危ないぞ、ゆっくり順番を守れ」

後ろから見ていた高井や助教の上川と宮戸が、前方の異常に気がついて、あわてて前に出ながら大声で生徒たちに注意したが、烏合の衆と化した生徒たちの動きは止められず、どんどんと生徒の塊は池の中ほどに押されていった。

「押すな、俺は泳げないのだ」

「わあーっ、危ねえ！」

そのうち前のほうにいた生徒が、転倒して水を飲んだのか、ばたばたと手を動かして大きな声を発した。足を泥に取られてか、身体を左右に動かしている者もいる。

わーっ、おーっ、危ねえぞ、一人が二人、五人、十人と、声を発する生徒が多くなってきた。一人が倒れると隣の生徒の服をひっぱり、その者が近くの生徒の手や足を掴むので連鎖的に倒れていく。パニックが起き始めているのだ。

離れようとして深い方に向かって泳ぎ始めた者まで、中ほどでばたばたして身体を水中に沈める者がでてきた。背負った銃が邪魔で泳げない。頭から外そうともがいている者もいる。死ぬまいと必死になっているのだ。

しかしそんな音も雨に消されて、勇一の耳には遠くに聞こえ、池に入った生徒たちがはしゃいでいるぐらいに思って、とてもそんな危険な状態が発生しているとはつゆ知らず、向こう岸に向かって泳いでいた。

勇一は思った以上に作業服、半長靴で泳ぐのに苦労していた。生徒たちに格好良く言ってまえ、何としてもたどりつかなくてはと懸命に泳いでいたのだ。

やっとの思いで岸にたどり着いて後ろを振り向くと、亀山生徒が五メートルほど後ろを泳いでいる。その後ろにも三、四人の生徒が泳いでいた。

「おーっ亀山、ついてきたのか。たいしたもんだ」

亀山に誉めるように声をかけた。勇一は水泳にはかなり自信を持っていたが、作業服、半長靴で四十メートルを泳ぐのは初めてで、やっとの思いで泳いできたというのに、後ろを泳いできた亀山や他の生徒の泳力に感心した。彼らは銃を背負っており、果たして自分にできるだろうかと思った。

そう思いながら、目を池の向こう側に移して驚いた。悲鳴と怒号が飛び交い、池の中では何人もの生徒が、大きな声を上げながら手をばたつかせている。水没したり浮き上がったりしている者もいて、あきらかに異常な光景が、強く降り出した雨の向こうに歪んだ映像となって勇一の目に映った。

（……どうなっているんだ……？）

勇一は何でこうなっているのかが、とっさに判断できなかった。一列か二列になって整斉と泳いだり、歩いたりして渡っているものだと思っていたのに、あまりの違いを見て、一瞬にして頭の中が真っ白になった。

（ロープが張られた場所は、背が立たないではないか！）

勇一は生徒や助教たちの動きを見て、池が思った以上に急勾配で深くなり、特に西側（隊舎がある道路側）は岸から一メートル前後の近いところでも、背が届かないほど深くなっているのを感じた。池に対する情報収集不足を察した。

「岸に上がれ」

「手に掴まれ、チューブを投げ入れろ」

チューブは何処だ、チューブを持って来い、などと助教たちの怒鳴るような声がしている。修羅場と化した惨状に誰もがあわてている。

助教の宮戸は、生徒が持ってきたチューブを池に投げ込んだが、これでは足りないと思い、側の隊舎に生徒を連れて行って、木材やはしごなどを取りに走った。

補助教官の高井はすぐに池に入って、溺れそうな生徒に手を差し伸べていた。助教の上川と津山は急いで脱衣して胸まで池に浸かり、生徒たちを岸に引き上げている。このとき溺れて意識のない太田、松谷、下川、出中の四名の生徒が岸に引き上げられた。すぐに人工呼吸などの応急手当を、上川の指導を受けながら、十数名の生徒が手分けをして始めた。

桜田は向こう岸で命綱ともいえるロープを持っているので、動くことができない。木に縛ろうと考えていたが、ロープが短くて届かなかったのだ。

(考えている暇はない、全員早く助けなくてはならない)

勇一の頭が、思いついたように現状を認識すると、足早に池の北側に戻ってきた。亀山ら泳ぎ渡った数人の生徒もついてきた。

「救急車が来るまで、交代で人工呼吸を続けろ、わしは救助活動をする、泳ぎに自信のある者は服を脱いで池に入れ」

勇一は引き返すと、自ら衣服を脱いでパンツ一つになって池に入った。溺れている同期生をすぐにも助けなければ、と思った生徒十九名が勇一に続いた。

四区隊の荒山生徒は、潜るには水中眼鏡が必要と思い、隊舎へ取りに行った。そのとき他の助教たちに会って事故状況を知らせた。これを聞いた助教たちはその足で応援に駆けつけた。

同じころ、三号隊舎の第四教育隊区隊長室の窓から、池のほうを見ていた中田一尉が、異常な人の動きで事故を察知し、教育隊の職員に知らせて現場に駆けつけた。数名の助教があとを追った。中田に言われて助教の一人が、電話で生徒隊本部に知らせた。

「あっ区隊長、亀山が服を脱いで飛び込みました」

池を見るとパンツ一つになった亀山が、池の中ほどに向かって泳いでいる。

「亀山止めろ、お前は疲れているから無理だ。引き返せ」

勇一はあわてて声を出したが、喧騒の中、亀山の耳に届くはずがなかった。亀山は中ほどで止まり、大きく呼吸をすると水中に潜っていった。

「誰も勝手に飛び込んではならん、共倒れになりかねない」

声を荒げて岸にいる生徒に向かって言った。潜った亀山が早く顔を出すことを祈って見ているが、一向に上がってこない。

間もなく海水パンツ一つになった他の教育隊の職員が、池の側に集まってきた。彼らは救命救助法の教育を受けており、泳力は抜群で安心して任せられる。さっそく池に入って捜索を始めてもらった。

すでに教育隊長の村井や他の区隊長、助教も来て、池に入ったり、岸辺での人工呼吸の援助や医務室への連絡をしたりしていた。

「……」

村井は現場の惨状をみて、勇一に何かを言おうとしたが、池の中で懸命に自ら救助活動をしている姿を見ると、何も言わずに黙って見ていた。

「田山区隊長、ちょっと来てくれ」

生徒隊長の嶋中一佐が、ジープから降りるのを見ると、村井は勇一に声をかけた。

嶋中に状況を説明するには、勇一の他にいなかったからだ。

「どうしたというのだ？」

「申し訳ありません、私の軽率な考えから生徒を池に入れてしまいました」

勇一は説明をしようにも、己の過ちが明らかなだけに、説明することを濁した。それより今は、一人でも多く救い出さなければという気持でいっぱいだった。

「一人発見、救助しました。しっかり身体を支えろ、落とすなよ」

「高山、しっかりしろ」

「……」

嶋中が勇一に問い合わせをしているとき、銃を背負って作業服を着た一人の生徒が見つかり、手渡しで岸に運ばれている。顔色は青白く身動きひとつしていない。

「解った、とりあえず今は救助が先だ。細部はあとで訊こう」

嶋中は勇一への質問を中止した。まだ行方不明の生徒が十人以上いるのに、原因だの責任だのを問うている暇はないと思ったからだ。

「捜索用の資材を、速やかに海上自衛隊に借用したらどうだ。できればフロッグマンもお願いするよう副校長を通じて手続きせよ。俺は残って現場の指揮を執る」

嶋中は追っかけてきた三科長の杉山に、速やかに依頼手続きをするよう指示した。

学校長の高森は休暇で不在だった。

武山駐屯地に隣接して、海上自衛隊の教育隊が所在しており、その中に水中処分隊という水中捜索専門のフロッグマンがいる組織があった。

嶋中の指示でテントがいくつか建てられ、とりあえず発見されて岸に引き上げられた生徒を、人工呼吸やマッサージをする場所にした。その一つを指揮所にして嶋中が全般指揮を執った。

背丈があり身体も大きい嶋中は、水泳に自信があるのだろう、自ら海水パンツ一つになって、池に入って沈んだままの生徒を捜した。

「四区隊の山中生徒を発見しました。意識がありません」

「佐田生徒を見つけました。彼も意識はないようです」

応援に駆けつけた他教育隊の職員や生徒たちが、潜って捜し始めると、逐次沈んでいた生徒を見つけては岸に引き上げている。だが顔は真っ青で意識はほとんどない。

事故が発生してから二十分ほど経つと、医務室の医官が現場に来て指示を出し、救助された生徒を、救急車に乗せて近辺の病院に運ばせた。

このころには池に入っていた三、四区隊の生徒たちは全員岸に上げられて、池での捜索活動は、海水パンツの助教たちや応援にきた生徒たちが行なっていた。助けられた者、病院に運ばれた者、生存者の数を確認すると、まだ九人が池の中にいるらしい。水没して三十分近くになり、生存には厳しい時間が経っていた。

（一人でも多く生きていてほしい。まだ亀山も見つかっていない……）

パンツ一つで岸に立って池を見つめながら、勇一はそう祈らざるを得なかった。

雨は相変わらず、強くなったり小降りになったりを繰り返していた。

「池に入っている者に暖を取らせてやれ」

嶋中は池から上がってくると、捜索には時間がかかりそうだと思っていた。池の中は底の泥が混ざり合って濁り、まったく見通せない。さらに底は柔らかい泥が厚く堆積していて、沈んだ生徒が埋もれているかもしれない。

生徒隊本部の陸曹たちが、廃材を燃やして炭をおこし始めた。

「おい、海上自衛隊のフロッグマンは、未だ来ないのか」

少し前に指揮所のテントに来ていた副校長の田岡一佐（士官学校四十九期）が、苛立った気持を顕にして杉山三科長に訊いた。

すでに少工校は、職員も生徒も総出の態勢で捜索活動をしている。泳力に自信のある生徒たちも、二十名ほどの職員たちに交じって、三十人ごと交代で池に潜って捜している。水上にはボートが三隻と数個のチューブが浮かんでいた。

前の生徒が見つかって十分後に萩下生徒と、宮口生徒が見つかった。それからも何度か交代しながら潜って捜しているのに、三十分経っても発見することができない。捜索する職員や生徒たちに疲労と、無念の諦めが漂い始めている。

「何としても見つけよ、たとえ遺体であっても一人として残してはならん。同じ仲間として絶対に見捨ててはならない」

岸の上から嶋中は、職員や生徒たちに檄を飛ばした。

その言葉で捜索隊員に活気が出たのか、今まで深さ三メートル辺りまでの捜索を、もっと深い中央よりの場所へ潜り始めた。深さ四、五メートルもあるところだ。

底のほうはやはり泥が堆積して視界はゼロで、手探り、足探りで捜すしかない。

「見つけたぞ、おい手を貸してくれ」

池の中央に近いところから浮かび上がった職員が、大きな声を出した。すぐに近くにいた職員が二人、指差す場所に潜った。ボートも池の中央に移動した。

「おっ亀山じゃないか」

「何、亀山だと！」

岸にいた生徒たちがざわついた。勇一も思わず立ち上がって池の中央を見た。

引き上げられた生徒は、パンツ一つの裸体だった。あきらかに亀山生徒だ。青紫の身体の色を見ると、とても生存は無理だろうと誰もが思った。

うっ、おっ、と三、四区隊の生徒の間から嗚咽が洩れた。今まで我慢していた気持が切れたときだった。

前述のとおり、銃を背負った亀山は、勇一の後について向こう岸に泳ぎ渡った。

その後、事故を知って勇一と一緒に戻ると、勇一たちの捜索活動を見ているうちに、泳ぎには自信のある彼は、じっとしておれなくなり、パンツ一つになって池に飛び込んだ。勇一の止めろと言う声も、正義感に燃えた亀山の耳に入らなかった。

亀山が池の中央よりに来て、大きく息を吸って潜ったとき、ちょうど近くで意識を失った高見生徒を見つけた。すぐに高見の作業服を掴んで引き上げようとしたが、一時的に意識を取り戻した高見は、亀山の腰に抱きついてしまった。離そうとしても必死で掴む高見の力は強く、亀山は岸を泳ぎ渡った疲れもあって、振りほどくことができずに一緒に沈んでしまったのだ。日頃から同僚や後輩たちから慕われていた彼の言動が、いざというこの場でまざまざと見せ付けた勇気と実行に、驚きと死を惜しむ涙であったと思われる。

以後の捜索は、亀山が見つかった場所が重点になった。間もなく鈴村生徒の遺体が見つかって引き上げられた。

「副校長、海上自衛隊のフロッグマンが到着しました」

五人のフロッグマンは、すぐにアクアラングを装着して潜水、捜索を開始した。

これまでの発見状況を聞くと、彼らは池の中央辺りを捜し始めた。

さすが経験豊富な者たちで、五分もしないうちに藤内生徒が発見され、次いで小池、徳永、弓端生徒と次々に引き上げられた。だがみんな顔色はなくうなだれた状態で、ひと目で死亡と解った。

不明者はあと一人のはずだが、二十分捜しても見つからず。病院に運んだのではとか、居室で寝ているのではとか、遺体も含めてもう一度、しっかり確認せよと嶋中の指示を受けて、三、四区隊の生徒全員を一人ひとり確認した。

「高見生徒がいません」

やはりまだ一名、沈んでいることが解り、再度フロッグマンに捜索を依頼した。

「見つかりました。泥の中に沈んでいました」

泥に深く埋もれた遺体は、泥の表面だけを撫でるだけでは感知できず、身体を直接手か足で触らないと発見できない。事故発生から二時間近く経っていた。

高見は亀山に抱きついて沈んだとき、突き放されたか飛ばされたかして、さらに身体を深いところに転がされていくような力が加わったのであろう。亀山の遺体の位置から十メートルほど離れて、一番深い池の中央近くで泥に埋もれていた。

結局、意識を失っていた四名のうち三名は蘇生したが、出中生徒は帰らぬ人となり、十三名が若い命を落とした。

責任—死の選択

（わしは何と馬鹿なことをしてしまったのか……）

勇一は自分の犯した罪の大きさを、悔やんだ。自分に対するはがゆさから涙が頬を流れる。池の状況をしっかり把握しておくべきだった。今思えば助教たちも誰一人、池があんなに深いものと知らなかったのではないか、知っていればロープをあのように岸から離れた位置に展張するはずはない。西側の岸下が急に背の届かない深さになっているとは思いもよらなかった。もちろん生徒の誰もが知らなかったのだ。

勇一は池がそんなに深いものと思っていなかった。基本的には、腰より下を水に浸けて岸の近くを歩かせようと考えていた。それではプールや海の浅いところを歩くのと同じで印象に残らないと思い、泳ぎの達者な者は、背丈くらいの少し深いところを泳がしてやろう、疲れたら浅いほうに寄れば、問題はないだろうと思っていたのだ。

（総て俺の勝手な思い上がりだった。純真な心の生徒たちは俺を信じて、言うがままに行動したのだ）

悔やんでも取り返しはつかない。亡くなった十三人は戻ってはこない。後ろを泳いできた亀山も、彼女と結婚すると言っていた萩下も死んでしまった。亡くなった生徒たちの想い出が、走馬灯のように勇一の頭の中に浮かぶ。また涙が出てきた。他人に見られるのも嫌だから、タオルでごまかすように顔全体を拭いた。

どうやって償えばいいのか考えても解らず、これからどうなるのか、自衛隊を辞めて、刑に服するようになるのは間違いないだろうが、それで人としての責任が取れるのだろうか。

全責任はわしにある。他人をどうこう言う資格はない、すべてわしの一存でやった結果であり、どんな咎めも甘んじて受けなければならない。男らしく……。


「あなたは銃を持たずに泳いで、何で生徒たちに銃を持たせて泳がせたのですか」

池があのように深いと知っていましたか、あなたの行動を誰も止めなかったのですか、作業服で半長靴を履いて銃を背負って泳ぐことは過去にありましたか。

「本部では渡河訓練中の事故と言っていますが、このような訓練は当初から計画されていたのですか」

亡くなった生徒が全員見つかって池での捜索が終わるころ、勇一は数名のマスコミの記者たちから、矢継ぎ早に質問を受けた。勇一はパンツ一つで毛布を肩にかけて、炭火の側に無言で座っていた。職員の誰もが勇一に話しかける者はなく、寄ってくる者は一人たりともいなかった。

事故が起きてみんなで救助活動をしているとき、ちょうど外柵沿いの道路を通っていたどこかの取材関係の車両が、池の周りの人だかりを見て異変に気づき、門から入ってきたのだ。

現場に来て意識を失くした若い生徒たちが、幾人も引き上げられている惨状に驚き、訓練指揮官の勇一に詰め寄るのは当然で、質問は当初から厳しいものだった。

「恥ずかしいことですが、私の独断で実施した訓練です。総て私の責任であります」

自衛隊の組織は独断が許されるのですか、私の責任と言っていますが、どう責任をとられるのですか、若い生徒が十三人も亡くなったというのに、よく落ち着いていられますね、ちゃんと取材に応えてください。などとたたみかけた質問がくる。

勇一の頭の中は真白で何をどうしていいのか解らない状態なのだが、記者の連中にとっては、あまりにも飄々と映っていたので、怒りがこみ上げたのはあきらかだった。

「池の調査もしていません。助教たちは、私がこのような行動をするとは思っていなかったでしょう。もちろん教育隊長や生徒隊長も知らなかったことです。正規の渡河訓練ではありません。総て私が思いつきで勝手な行動をとった結果です」

勇一は腹を決めていた。取り返しのつかない責任をとるには、身を絶つしかないと考えていた。亡くなった生徒はもちろん、生徒の両親に対しても、これまで教えてきた生徒たちに対しても、生き恥を晒すのはとても許されないことだと感じていた。今さら言い訳をしてもしようがない、いや言い訳になるものもなく、話をすればするほど言い逃れとしかとられないであろう。惨めさを重ねるだけだ、どんなに罵声を浴びても、馬鹿にされてもこれ以上は言うまい。

「……」

勇一に向かって写真を撮るため、フラッシュを浴びせている。

何度質問しても、総て私の責任ですという言葉を繰り返していたが、終いには何も言わなくなったので、記者たちは学校本部隊舎のほうに走っていった。


「溺れて亡くなった生徒は、十三名であります」

午後五時、学校長の高森が来校すると、直ちに校長室で緊急の部長会議が開かれた。まず生徒隊長の嶋中が、事故の経緯と捜索結果を報告した。周りの椅子には副校長以下各部長が座っている。引き続き陸幕への報告や、関係箇所への連絡などを所掌の部長たちが順次報告をした。

「十三名の生徒を死なせてしまったとは……、本当に申し訳ないことをしました……」

目を瞑って黙って聞いていた高森は、低い声で噛みしめるように言った。そして気を取り直したようにマスコミへの対応を総務部長の山平一佐に尋ねた。

「すでに直接現場に来た取材に対しては阻止する余裕がなく、各人、各所掌で応えさせていましたが、まだ状況がはっきりと解らない段階であり、かつ、ご遺族などへの対応を優先しなければなりませんので、学校の対応窓口を総務課長に致しました。その後、陸幕担当者からも、個々に取材に応じると、誤解を生じる恐れがあるので、窓口を陸幕の広報室にするとのことでした。以後、学校の対応としては事故状況を調査・確認中、ということで対応したいと思います」

すでにテレビやラジオのニュースで流れており、陸幕広報室も対応にてんやわんやになっていると予想された。

「これからのスケジュールは、どうなっていますか」

高森の頭の中は、亡くなった生徒たちの悲しみにくれた両親や、家族の姿が思い遣られた。そんな家族の対応を、如何にすべきかを懸念していた。

「陸幕担当者とも密接に連絡を取って進めているところですが、遺体を長く置くわけにはいきませんので、案としては七月四日通夜、五日葬儀の予定であります」

十三人もの生徒が殉職した葬儀となれば、おそらく防衛庁長官が参加されるであろうことは予想される。そうなれば当然、陸幕長以下制服組の主要な将官も考えねばならず、学校だけで進めるわけにはいかない。

「ご家族の方々には、平身低頭で懇切丁寧にご説明、ご案内をして、くれぐれも間違いのないように進めてください」

家族にはすでに電報で、亡くなった一報は伝えているが、どういうことだ、どうなっているのか、と次から次に問い合わせを受けているのが実情であった。

その対応には、生徒隊本部が窓口になっていた。

「ところで区隊長の田山一尉はどうしていますか。何といっても彼が一番ショックを受けているでしょう。彼には常に誰かを付けておかなくてはならないですね。死なせてはいけません」

高森は東京帝大出の警察官僚出身で、将官の多くは陸軍士官学校出身という中で、異色の存在であった。見識の深さはもちろんだが、他人に対する思いやりがあり、幅広く物事を考える力を有して、学校職員一同が敬服していた。

これまで高森は、勇一が教育している場を二度視察しており、教育熱心で熱血漢だと誉めていた。区隊の生徒を全員家に呼んで、讃岐うどんを食べさせた話も耳にしていた。

今回の事故の原因は、これからの調査ではっきりするだろうが、やすらぎの池を作業服、半長靴で、しかも銃を背負わせて泳がせたと聞いたとき、あまりの愚かさに驚いた。人一倍生徒たちに信頼と尊敬された区隊長だったからこそ、その絆は深いものがあり、このような事故が発生したのではないか。また勇一の熱血的な人柄ゆえに陥りやすい欠陥が露呈したと感じていた。そしてあの池の危険性をしっかり把握して指導しなかった管理ミスを、高森自ら反省していた。

（死んだ生徒たちには一切の非はないが、だからといって田山一尉を死なせてはいけない。彼はこの失敗を教訓にして、きっと社会に役立つ人間になれる男だ）

会議を終えるころ、陸幕長の山田正雄が学校に突然現れた。陸幕副長や陸幕第五部長などが随行している。山田は前代未聞のこの事故が、今後に及ぼす影響の大きいことを考えて、対応に間違いがあってはならないと直接指導にきたのだ。

山田は高森と同じ東京帝大出の警察官僚出身である。経歴上も先輩後輩の間柄であり、高森に気を落とすことなく世間に恥ずかしくない立派な事後処理を促し、かつ励ましが含まれていた。高森は恐縮しながら、総括者としての管理ミスを率直に認めて謝罪の言葉を述べた。そして亡くなった生徒たちに対する処遇について、出来る限りの配慮をしていただくよう頭を下げた。

少年工科学校と陸幕間のあまりにも広範で多岐にわたる速やかな打ち合わせと調整が必要のため、陸幕関係者の多くが一緒に来校しており、夜半にかけて関係者相互の打ち合わせが行なわれた。

事実これまでの取材に対する対応に、陸幕と学校側に齟齬が生じて、マスコミ側から厳しい追及を受けて、担当者が応答に苦労していたのだった。

行方不明生徒の捜索が完了した後、生徒隊長の嶋中から訓練の経緯と事故が発生した状況を訊かれた勇一は、終始、自分が勝手に思いつきでやったもので、他の職員には一切責任がないと応えた。

勇一には弁解の余地はなく、また弁解する気もなかった。

その後、教育隊長の村井に、学校本部隊舎の一室に連れて行かれ、以後その部屋にいるように指示された。そこには二つのベッドが用意されていた。一つは勇一が使用する場所で、もう一つは同期の小田が寝る場所だ。

上司たちは事故の当事者である勇一が、責任を感じてもしかしたら自殺をするのではとの懸念から、親しい間柄の小田を監視役に指名したのだ。小田はこの三月に、英語教官から教務課の庶務班長という職務に変っていた。

勇一が部屋に入ると、すぐに小田が入ってきた。

「おい、大変なことになったな」

小田は心配そうに声をかけた。

「馬鹿なわしの責任じゃよ、総て責任はわしがとるよ」

無理に平静を装うように、勇一は口を歪めた。だがそれを言うのが精一杯だったのか、後はベッドに横たわって吐息をつくと、壁に向かって黙ってしまった。

勇一はまだ完全に心の整理がついていない。自分を信じている生徒たちは、たとえ燃え盛る炎の中に飛び込めと言っても入っていくのではないか。そんな純真な生徒を裏切るようなことをしたのだ。とんでもないことをした、何と馬鹿なことをしたのか、などと時々小さな声で繰り返している。小田にはぶつぶつと独り言のように聞こえ、何を言っているのか解らない。頭がおかしくなっているのではと思えるときもある。

「起きたことは仕方がない、気をしっかり持って対応しないといかんぞ」

背後から勇一に声をかけても、壁に向かったまま振り向こうとしなかった。十三人の生徒が亡くなって、仕方がないで済まされるものではないが、勇一の苦しい立場を少しでも和らげようとする小田の言葉だった。

夕食は他区隊の助教二人が運んできて、机に置くと帰った。

「一緒に食べよう」

小田が声をかけたが、わしは食べたくない、と壁に向かったままだった。食事が咽を通る心境でないのは解っているが、少しでも食べないと身体によくないと思い、もう一度催促した。

「いいんだ、わしだけ食べるわけにはいかん」

亡くなった生徒たちのことを思っていると感じた。今夜はそっとしておくのがいいかもしれない。じゃあ田山は後で食べろ、と言って小田は一人で先に食べた。

(だが眼を離すわけにはいかん)

小田は食事をしながらも、勇一の動きに気を配っていた。総務部長から、彼は首を吊るかもしれないので、ご苦労だが目を離すことなく、一切の行動を一緒にするように言われていた。もちろん夜中のトイレも同行するつもりである。

夕方六時ころ、横浜地検横須賀支部の検事や刑事部長が来校して現場検証をした後、校長以下関係者から事情聴取して帰った。

勇一と四名の助教及び生徒の代表として三名が、夜中の十一時ごろ横須賀支部に呼び出され、細部の事情聴取を受け、翌朝二時ころ学校に戻った。もちろん小田は勇一と離れないように付いていった。

「彼を一人で行動させてはならない、俺も気をつけているが、もし眠っている間に抜け出すかもしれないので、そのときはいつでも声をかけてくれ」

学校に戻ってベッドに入る前に小田は、部屋の前に同じ目的で、交代で警備に立っている陸曹に注意するよう促した。

いつ書いたのか知らないが、小田は勇一から小さく折り畳んだ一枚の紙を渡されていた。それには『申し訳ない、死んでお詫びをする』と鉛筆で書かれてあった。

(やはり田山は死のうとしている。とんでもない、彼を死なせてはならない)

すぐに総務部長室に行って紙を渡した。予想していたが死なせちゃいかん、しっかり見ておいてくれと部長に念を押された。小田はいつでも対応できるよう、電灯は点けて服を着たままで寝ることにした。不測に備えるためである。

勇一のベッドが何度も、寝返りをうつたびにぎしぎしと音をたてた。眠れないのは当然であろう、小田はその都度目を覚ましていた。

その夜、亡くなった十三人の生徒のうちで、まだ病院に置かれている六つの遺体をのぞき、七つの遺体は棺に入れられ、生徒隊本部前の仮の遺体安置所にしている講堂に置かれた。入り口の両側には、大きな白い菊の花束が飾られている。棺の上にも白い菊の花束が一つずつ置かれていた。棺の両側には一等陸士の階級章を付けた十二期生が、制服正帽に半長靴を履いて弾帯をし、白手袋をはめ右手に銃を持ち、左手は後ろの腰に当てて足を開いて立っていた。

七月三日は朝から、少工校の全部署が忙しい状態であった。生徒の家族との連絡、質問の対応、陸幕及び関係部隊と引き続いての連絡・調整、検察庁からの質問、出頭調整、病院にある遺体を講堂に移す作業や通夜の準備、さらにはマスコミ取材対応など、蜂の巣をつついた状態とは、まさにこのことだろう。

午前十時すぎから勇一に対して、上司や陸幕の担当者たちからの事情聴取が行なわれた。検察庁の刑事責任とは別に、自衛隊内部の行政責任に関する調査のためである。

そんな中、勇一はやっと昼飯を小田と一緒に食べた。勇一が昨日から、検事や自衛隊の上司たちから事情聴取を受けているうちに、少し考えが変ってきたからだった。

身を絶って責任をとるしかないと決めていた勇一は、事情聴取で何を問われても、総て私の馬鹿な行動によって起こしたものです、総て私の責任ですと、繰り返すだけで調査の進展がない状態が続いていた。調査をする検事、刑事や上司たちは、そんな勇一の対応をみて、死を覚悟していることをすぐに察した。

「あなたは、死ねば責任を取れると思っているようだが、それで死んだ十三人の生徒さんが許してくれるでしょうか。それこそ一番容易な逃げ道を選ぼうとしているのではないですか。人として男として卑怯極まる選択ですよ」

表現する言葉は違っても、みな同じような内容が勇一に浴びせられた。

勇一にとって卑怯者とか、男らしくないという言葉ほど、嫌いなものはなかった。

(死んであの世に行けば、誰にも迷惑をかけずに総ての責任がとれると思っていたが、苦しみから逃れる一番簡単な方法を選んでいたのか……!)

確かに天井の何かに紐を縛って、首を吊れば死ねるということは容易いことだ。

俺にとって今一番、厳しくて苦しいことは何なのだ。それこそ俺が選ばなければならない道ではないか。そうすることが十三人に対する本当の懺悔であろう。

心の中でそんなことを考えるようになり、まだはっきりと整理できていないが、少なくとも最もつらい棘の道を歩かなくてはならない、という思いが芽生えた。

「すまんのう小田君、君にまで迷惑をかけて」

あまり眠れていないだろうが、少しは心の整理ができたのか、勇一から話しかけてきた。

「今日は午後三時過ぎに地検に行くようになっている。これから先は俺にも解らないが、身体だけはこわすなよ。行く時に田山の家に寄って行こう、奥さんや子供さんたちに顔を見せないと、心配しているだろうからな」

とも子には、電話で心配するなと伝えていたが、テレビやラジオのニュースを見ているとも子にとって、心配するなと言われても、顔も見せないのでは心配するのは当たり前である。小田はすでに部長にも話してあり、今日は少し早めに出て家に立ち寄る了承を得ていた。

「わしは今まで死ぬことばかり考えていたが、それは男として卑怯な行為だと思うようになった。いずれ近いうちに収監され、いつ出るようになるかは解らんが、出たら早い時期にみなの実家に行ってご家族に謝罪し、生徒たちに線香を上げさせてもらおうと思っている」

勇一の話を聞いて小田は目を見張った。死ぬことばかり考えていた勇一の心の変化が嬉しくてつい涙をこぼした。

「そうだよ、それだけは絶対にやらにゃいかん」

小田が応えると、勇一がそうだよな、と口を歪めたが、それは照れ隠しのため笑ったようにも思えた。

その日の午後三時ころ、防衛庁長官の増田甲子七が山田陸幕長以下を帯同して来校した。増田はまず十三人の遺体に対面し、すでに駆けつけていた一部のご遺族にお悔やみとお詫びの言葉を述べた。その後、校長の報告を受けると、防衛庁を挙げて誠意をもって万全の策を講ずるよう、関係上層部に明示した。

ニュースを聞きつけて、部内外多数の弔問客が来校するようになり、マスコミの取材と合わせて校内にいる部外者の数は数千人におよんだ。

午後四時、勇一は小田に連れられて地検に任意出頭した。再度事情聴取を受けるためであったが、地検担当者の話では、聴取後はそのまま逮捕して拘束するというので、小田は勇一を地検に置いて学校に戻ってきた。

「小田君、三、四区隊の生徒たちが、昨日の田山一尉の訓練要領について不満を持っているようで、ご苦労だが彼らの話を聞いてやってくれんか」

学校に戻って校長に地検での内容を報告したら、側にいた生徒隊長の嶋中が小田に言った。校長室では今後の対応について部課長が集まって会議をしているところだった。事故当事者である生徒たちへの対応を、ちょうど協議していたのであろう、まさに渡りに舟という依頼だった。

「解りました」

断るわけにはいかず返事をした。小田はこの時期の最適任者なのだ。

事故に遭遇して一度に十三人の同期が亡くなり、運よく生きている自分たちのことを思うと、人生の無情に不安と不満を持つのは当然だろう。

訓練に参加した生徒に対する精神的なフォローは大事なことだ。どんな話をしたら納得してくれるだろうかと、薄暗くなった空を見上げながら、小田は六教三区隊の自習室に向かった。自習室には四区隊の生徒三十五名も、椅子を持ってきて机の合間に座っていた。

「私は君たちも知ってるとおり、田山区隊長と幹部候補生学校の同期生だ。田山と一緒に地検に行って、さきほど一人で帰ってきたばかりだ。昨日は夜中まで地検に居て、朝二時一緒に帰ってきた。田山は今日も引き続き事情聴取を受けて、拘置所に収監される予定である。亡くなった十三人が見つかった以後、常に田山と一緒にいなくてはならず、眼を離すことができなかった。トイレも一緒だった。どうしてそうしなければならないか君たちも解るだろう……」

三区隊の自習室の机は、亡くなった十人の机が取り払われて、三十個の机と椅子が、間隔を広くして並べられていた。四区隊も同じように、三人の机を外していた。生徒たちの顔には、明らかに不安と不信が漂っている。だが真剣な眼は、小田を喰い入るように見つめていた。その眼は、信じていた区隊長に裏切られた無念な気持を表わしていると感じた。

「田山は身を絶って罪に報いようとしていた。つまり自殺をして皆に謝罪しようと考えていたのだ。それは上司の人たちも察して、絶対に彼を死なせてはならない、と厳命されたからだ」

田山は私に遺書らしき、いや遺書を書いた紙切れを渡した。それは明らかに苦悩の中で死を選んだことだった。

話している小田の頬に涙が伝わった。

「うっ」

「おっ」

生徒の間から声が洩れた。泣いているのだ。勇一を責めることばかり考えていた生徒たちに、はっきりとは言えないが、勇一に対して初めて別な見方をする思いが浮かんできたのだ。

「死を覚悟した田山を責めても、十三人は帰ってくるはずもなく、何の意味もないように思う。田山が死んで十三人が喜ぶと思うだろうか」

生徒たちは涙の溢れた目を離すことなく、黙って小田の顔をじっと見つめていた。

そんな純真無垢な生徒の真剣な表情を見ていると、小田は次をどう話せばいいのか解らなくなった。

(田山の馬鹿やろう、つまらないことをしやがって)

心の中でそう思うと、監獄の部屋で一人ぽつんと座っている勇一の姿が浮かんだ。また小田の眼から涙が流れた。

「私が今の君たちに言えることは一つ、十三人の犠牲を無駄にしてはならないということだ。このような悲惨な事故を起こしたり、遭ったりしてはいけないが、遭遇したからには、これからの人生に役立つものにしなくてはならない。それは必ずや君たちの大きな成長に繋がって、三十年後、五十年後に振り返ってみたとき、自分の人生に満足感を味わうことになると思う。殉職した十三人は君たちに、そういう出発点にしてもらいたいと願っているのではないだろうか」

生徒の誰もが泣いていた。小田区隊長が言うとおり、泣いて解決するものではない。田山区隊長が死を覚悟していることは、自分たち以上に苦しい立場にあるからだ。

思えばあの人は、いつも俺たちのことを優しく時には厳しく、熱心に教えてくれていた。まるで本当の父親のように思える人だった。あの熱心さが、今度の事故に繋がったのは生徒の誰もが認めるところだろう。

一緒に走った五キロ走、家で食べさせてもらったバーベキューや讃岐うどん、どんな相談ごとにも、親身になって応じてくれた田山区隊長の思い出が、走馬灯のように皆の頭の中によみがえっていた。

「田山区隊長は、何年も刑務所にいるのですか」

一人の生徒が立ち上がって質問した。他の生徒も関心があるのか、一斉に顔をあげて小田を見ている。

「何年、何十年になるかは私には解らない、これから裁判所で審議をして決められることだが、何年になろうとも刑に服して、出たら十三人のお墓に線香を上げに行きたいと、田山は別れ際に言ってくれた」

彼にとって生きることは、これまでの栄光を捨てて生き恥を晒すもので、一番辛くて苦しいことだろう。他人に蔑まれ、働く仕事も見つからず、生きて家族を養うということの難しさは、我々の想像を絶するものと思われる。だがそれでこそ、人として男として、一生をかけてでも、責任をとらなければならない罪を、彼は悟ったのではないだろうか。

泣いていた生徒たちの目には涙が止まり、再びじっと小田を見つめていた。

不安に怯える生徒たちが、自分で考え納得するには時間が必要だ。それは数カ月の者もあれば、数年以上に及ぶ者もあるかもしれない。いずれにせよ本人たちが納得してこそ、教訓として活かせるものだと思っている。

不安・不信に怯える生徒たちを、落ち着かせるつもりだったが、何だか自分の涙を見せるために来たようで、小田は恥ずかしい気持になっていた。

「田山がそう私に言ったとき、またこいつに会えると安心したよ」

最後にそう言うと、小田は自習室を後にした。

勇一はその夜、事情聴取が終わると逮捕され、そのまま横須賀拘置所に収監された。

通夜・葬儀・学校葬

七月四日、正午から十三個の棺が、それぞれ八名の同期生に担がれて、駐屯地劇場に運ばれた。お通夜と翌日の葬儀をそこで執り行なうためである。

午後六時から八時に殉職した十三人の家族が集まり、通夜が執り行なわれた。祭壇を飾るたくさんの菊の花は目を見張るほどであった。祭壇の両脇には、同期生の衛兵が悲しみに耐えながらも、毅然とした態度で立っていた。

防衛庁長官、陸幕長、横須賀地区陸・海・空自衛隊各部隊代表、横須賀市長、地元市民、学校職員生徒約千名が参加して、しめやかに行なわれた。

焼香するときに、次から次と棺に取りすがって泣く母親たちの声が、五人の僧侶の読経をさえぎるかのように館内に響き渡った。かけがえのない息子を失くした親の思いは、計りしれないもので、参列者たちの新たな涙をさそった。

翌五日、午後一時から三時にかけて、同じく駐屯地劇場で学校葬が執り行なわれた。

葬儀終了後、速やかに帰郷したいという遺族の希望もあって、葬儀前に火葬を行なうことになり、午前六時から出棺式を行ない、遺族と最後の対面後、浦賀、坂本、浦郷の三つの火葬場に運ばれ火葬された。

正午から一号隊舎で、殉職した十三名の三等陸曹への特別昇任発令の伝達と、平素の勤務成績優秀による第五級賞詞の授与が、高森校長から各遺族に対して行なわれた。

午後零時三十分から、同じ一号隊舎から急ぎへリコプターで駆けつけた防衛庁長官から勲八等瑞宝章の勲記・勲章の伝達と、賞じゅつ金の贈呈が行なわれた。

続いて一時から、駐屯地劇場を式場として、少年工科学校葬が開始された。

会場には、内閣総理大臣佐藤栄作をはじめ、防衛庁長官、多数の国会議員、陸・海・空幕僚長など、部内外多数の人たちから寄せられた花輪、生花が、二百数十にものぼり、会場を埋め尽くしていた。

祭壇には最上段に、遺骨及び位牌、続いて白菊に縁取られた遺影、勲記及び勲章、賞詞、多数の供物が置かれて、その回りには清らかな生花が、十三体を覆い包むように飾られていた。会場いっぱいに詰め掛けた約千名の参列者が静かに見守る中、中央音楽隊の「悲しみの譜」の奏楽と、第三〇二保安中隊儀仗隊の「捧げ銃」の敬礼により葬送式は、いとも厳かに始められた。

執行者の高森校長、次いで防衛庁長官、陸上幕僚長、津田神奈川県知事、長野横須賀市長、松木生徒会長がそれぞれ弔辞を述べた。どの弔辞にも生前の功績と純真誠実な姿をしのんで、やすらかな眠りを祈るとともに、再びこのような事故を起こさないよう誓いを立てていた。

披露された弔電は、総理大臣を初めとして七百数十にのぼった。その後、拝礼、献花に移り、学校長、百三十余名の遺族、親族、続いて防衛庁長官以下各界の代表者が次々と霊前に菊の花を捧げ、一時間を越える厳粛な中にもすすり泣く声を交えた葬儀は終わった。

式後、十三人の遺族を代表して萩下生徒の父親が、お礼の挨拶をした。

そこには、事故で亡くした息子に対する悔しい思いを抑えながらも、思いもよらない国の盛大な葬儀に感謝する言葉があった。遺族の誰もが、複雑な心境であったのは間違いないだろう。

告別式には一般会葬者も入って拝礼の列が後を絶たず、午後三時まで延々と続いた。

午後三時十五分、儀仗隊の捧げる弔銃と中央音楽隊の「葬送の譜」の奏楽を後に、会葬者、全校職員生徒が整列して見送る中、十三の遺骨は肉親の胸にいだかれて、故郷に帰っていった。

そして故郷での葬儀は、七月六日から九日の間に、方面総監、師団長、駐屯地司令、地方連絡部長などの配慮と支援を受けて、それぞれ生家や菩提寺でしめやかに執り行なわれた。地元の市町村長や官民多数が参列したのである。

償いの生

十三人の殉職した生徒たちの葬儀が執り行なわれている一方、勇一は事故による刑事責任の容疑者として、毎日、警察関係者の取り調べを受けていた。

横須賀の拘置所にどれくらいの期間、拘置されるか解らなかったが、一週間後に家族の面会が許された。取調べに対する勇一の答弁が、素直でありのままの思いを出したからだった。卑怯者にはなりたくない、という気持が一変させたのである。

さっそく四国高松から父・甚十郎が会いに来た。母・ヨシは、牢獄にいる勇一を見るのは忍びないと言って高松に残った。とも子と話し合って、当分子供に会わせない方がいいだろうと、甚十郎が一人で行くことにした。子供には、お父さんは富士学校に入校していると伝えていた。相談を受けた小田は、案内を兼ねて一緒に拘置所に行った。まずは親子水入らずの話をさせようと、小田は外で待つことにした。

「元気そうで安心したぞ。うっ！……」

勇一の顔を見た途端、甚十郎の目に涙が溢れて両頬を伝って落ちた。

「父さん、ごめんよ。つまらないことをして、このようになってしまった」

勇一は甚十郎と約束した、善通寺の普通科連隊長になる夢が絶たれたことを謝罪した。勇一の頬にも悔し涙が流れ落ちた。

「それは仕方がない。とにかく、十三人のお子さんを亡くした罪を償うことが第一だ。そしてご家族への謝罪、お墓参りなどの供養をしないことには、先は考えられんぞ」

甚十郎も検事や刑事たちと同じことを言った。

「死んで詫びなければと考えたこともあったが、苦しみからの逃避にすぎず、死んだ十三人に対しても、お世話になった上司や関係者に対する謝罪をせぬまま逃げては、迷惑をかけるだけになる。たとえあの世に行っても悔いが残ると、考えるようになったんだよ」

勇一は今の気持に迷いがなく、事故の責任をしっかりと受け止めようとしている。事故原因はあきらか。己の軽はずみな行動が起こしたもので、罪を認めて服役することだと自覚した。その後出所したら、十三人の実家を弔問し仏壇やお墓にお参りしようと考えていた。

本当の試練はそれからだろうが、それを生き抜くことが亡くなった生徒たちに対する供養だと、信じるようになった。

「申し訳ないけど、母さんと、とも子と子供を頼むよ」

服役が何年になろうとも勇一の家族は、高松の実家で甚十郎たちと一緒に暮らしてもらおうと考えた。妹二人はすでに嫁いで家におらず、八百屋の稼業は甚十郎とヨシの二人でぼちぼちとやっているので、孫がいれば俺たちにとって嬉しい限りだ、心配するなと言ってくれた。勇一の服役中の家族に対する心配は軽減された。

「亀のやつがよく出てきたが、最近は来なくなったよ」

甚十郎との話が終わり、面会人が小田に変わると、勇一が亡くなった亀山生徒の話をした。事故後、亀山生徒が頻繁に夢枕に立ったらしい。

「亀山は、田山を慕っていたからな。おまえの今後を心配しているのだぞ」

おそらく田山が死のうと考えていたからだと思う、彼は田山を人生の目標にしていたから、尊敬する区隊長が失敗を犯してどうしているだろう。とるべき責任と、やるべきことをしないで、俺たちの後を追ってあの世に来るのではないか、それこそ、俺たちの意に反することで、俺たちが思っている区隊長らしく、逆境を乗り越えて人生を全うする姿を見せてくださいよ。それを伝えたくて亀山が代表で来たんだ。小田は本当にそう思った。

甚十郎は勇一が起こした事故に、悔しい思いと不安を覚えながら横須賀を離れて東京に出ると、靖国神社を訪れた。

（わしの息子が取り返しのつかないことをしてしまった。息子に生きて償いをさせてもらいたい、もう一度生きる機会を与えてください）

祀られている旧軍の戦友や同年兵に、勇一が生きる勇気を持つよう頭を下げてお願いした。下に向けた目から大きな泪がぽたぽたと地面に落ちた。

七月二十三日、思ったより意外に早く保釈された勇一は家族のもとに帰った。

糖尿病（日頃からやや血糖値が高い数値を示していた）や胃腸など内臓の検査を受けるため、海上自衛隊の横須賀地区病院に入院することになった。服役前に検査して、悪いところを少しでも治療しておこうという自衛隊側の配慮があった。

その後、学校の事故調査委員から、事故に関する詳細な調査を受けた。

学校側の管理責任についてどう思うかと訊かれたが、総てを否定した。原因はあきらかに自分の軽率な行動の結果であり、総て自分の過失を強調した。己のお粗末な行動責任を一切、他人に転嫁してはならないと思っていた。

（どのような処分でも甘んじて受けなくてはならない、男らしく）

検察や警察のときもそうだが、尋問を受けるたびに、亀山たち亡くなった生徒の顔が浮かんできた。試練に耐えて生きることが、彼らに対する供養と考えるようになってから、どんな質問にも勇一は素直に応えた。

八月十日、勇一の自衛隊の行政処分、停職四十日が言い渡され、自宅で謹慎することになった。まだ身分は自衛官だ。

勇一は毎朝起きると、まず十三人の遺影に手を合わせて、般若心経を十三遍唱えることにした。般若心経は四国生まれの弘法大師が作った経で、子供のころから身近に感じていたものだ。殉職した十三人の写真は、小田を通して学校に無理矢理頼んで、もらったものだった。一人ひとりの写真を見ながら、生存していたころの思い出を噛みしめつつ、申し訳なかったと謝罪するのだ。許してくれという言葉は使わなかった。それは責任を回避するように思えて、決して口に出さないようにしていた。どんな苦しみも辛さも受けて、耐えなければという覚悟だったからだ。

盟友小田勇二郎との弔問行脚

停職期間が二週間を過ぎたころ、小田が家に訪ねてきた。訪れたのではなく、勇一が相談したいと呼んだのだ。

「出来ることなら十三人のご遺族にお会いして謝罪をしたい。そして仏壇やお墓参りをさせていただければと思っているのだが、校長にわしの気持を伝えてくれないか」

いつ裁判所の公判が始まるかは解らないが、少なくとも停職期間には呼び出しはないだろう。公判が始まり、刑が決まれば収監されて、みんなに謝罪するのが何年も先になってしまい、ご遺族の方に申し訳ない。勝手なお願いですまないが、小田から校長に伝えてほしい。

勇一は率直な気持を小田に言った。

「解った。停職者の取り扱いに問題があるかないかは解らないが、できれば早い時期にご遺族に会って謝罪をするのはいいと思う。校長に話をしてみるよ」

以前から小田もそのように考えていたので、二人の気持は一致した。

さっそく学校に戻ると、校長に勇一の思いを伝えた。

校長の高森は、いいことだと思えるが、後で問題が起きてもいけない。確認するので少し待てと言った。

高森は陸幕長に直接電話して検討をお願いした。陸幕長の山田は法務課長に検討を命じた。そこには、できれば本人の意思を叶えてやれるよう付言した。

遺族側にとっても、偉い防衛庁長官までが、直接家に来て（七月十五日〜二十五日にかけて増田長官は山田陸幕長などを伴い、全遺族宅を弔問した）謝罪しているというのに、事故を起こした当事者である区隊長が来ないのを、不満に思うのは当然だと感じたからだ。

三日後、校長の高森から、勇一の殉職した十三人の実家を弔問する許可が出された。

そこには、個人の希望ではなく、勇一を管理している学校長としての、命令の下に行動させるようにした。しかも学校として再度（校長の高森は、八月五日～十五日にかけて各遺族宅を弔問していた）、遺族に対する弔問ということにして、主は庶務班長の小田に対する出張命令に、勇一を同行させるとしたのだ。裁判所としても所在や連絡先をはっきりしておけば、支障ないという返事であった。

小田にとっても、勇一が是非にも十三人の実家を弔問しなければとの思いがあり、一緒に行くことは、盟友としても願ってもないことである。

だが行ったこともない青森県から鹿児島県の十県・十三箇所を二人で廻るには、長官や校長のようなスケジュールで廻れるはずはない。行く先でスムーズに受け入れてくれるかもはっきりせず、何日かかるか解らない。停職期間までに廻るのはとても無理かもしれない。

勇一は停職が終わる日をもって退職するようになっており、退職すれば民間人となるからだ。だが、例え途中で民間人になっても、小田に対する命令は生きており、勇一は民間人としてたまたま一緒になったということで、引き続き全部を廻らせようと考えていたのだった。

「田山、学校長の許可がおりたぞ。陸幕関係者も了解して当該駐屯地や地方連絡部が、支援してくれる手はずを進めている」

さっそく勇一と小田は、弔問計画を立て始めた。北から南へと移動することにして、同じところを行き来しないよう、効率的な経路と弔問先を選定した。移動は鉄道を基本にして、現地付近では、地連や駐屯地の車を使わせてもらえるようになっていた。宿泊や食事は経費の節減のため、止むを得ない場合を除いて自衛隊の施設に泊まることにした。如何せん遺族の都合もあることで、計画通りに行くとは思えないが、できれば公判に備えるために、九月末までには横須賀に戻るよう弁護士から言われている。

東北では、まず北上途中の宮城県の山中家に行き、そのまま北上して青森県の亀山家、南下して山形県の佐田家、高見家、次いで福島県会津の鈴村家、さらに南下して石川県の出中家、日本海側を南下して島根県の小池家、九州に入ってまず福岡県の萩下家、次いで熊本県の藤内家、南下して鹿児島県の宮口家、弓端家、徳永家に、北上して最後に大分県の高山家という順番で廻ることにした。

九月十日朝、勇一と小田は横須賀を出発した。

勇一は起訴された時点で、失職処分になっているので、登山帽子に一般の作業服、そして登山靴でリュックを背負った民間人の格好だ。小田は公務のため自衛隊の作業服に半長靴、弾帯に水筒をぶら下げた野外訓練時の服装にリュックを背負っていた。リュックには雨衣や傘、日用品、着替えのシャツとズボン、そして三着の下着や靴下など、長期間に対応する必需品が入っている。それでもシャツや下着などは、途中駐屯地などで洗濯して換えないと、とても間に合わない。いかにも質素な身なりであるが、弔問先でどのようになるかも解らず、万が一野宿になっても対応できるように考えたのだった。

仙台駅で降りると、市内の宮城地方連絡部まで歩いて行った。部長以下関係者に丁寧に挨拶をした後、地連のジープに乗せられて中田町の募集事務所に移動した。夕方暗くなっていたので、その日はそこの事務所に泊まった。

「……」

翌日、募集事務所長の案内で山中家の玄関に立つと、出てきたお父さんとお母さんは、小田の後に隠れるようにしている勇一を見て、困ったような顔をして黙った。

小田の挨拶には、頭を下げて応えていたのだが、勇一には厳しい眼を向けている。

すでに弔問に伺うことは、手紙でお願いをしているけれど、そんな紙切れ一枚で了解をもらえるような生易しいことではなかった。

「私が田山です。あの事故は私の軽率な行動で起こしたもので、大変申し訳ありません、すみませんでした」

両親の様子を見た勇一は、その場にひざまづいて額を地に付けた。

「大変勝手なお願いですが、亡くなった稔さまの御仏に、お線香を上げさせていただきたいと思い、お伺い致しました」

息子を死なせた勇一に対する両親の心中を思うと、家に入れたくないのは当然かもしれない。だがこのような仕打ちは覚悟の上で、これこそ試練に耐えて生き抜くこれからの人生の入り口だと思った。勇一としては何度でも頭を下げて願いを聞き入れてもらうしか方法はなかった。

「んだども……、遠いところから来たことだし、上がってもらうしか、なかんべ」

両親の複雑な気持が現われていた。二人は顔を見合わせると、お互いにうなずき合って上がるように言った。

実は事前に、顔見知りの地連の事務所長や係官たちから両親に、勇一と小田の弔問を認めていただくように話が伝えられ、納得していたのだが、直接、勇一を見ると亡くなった息子を思い出し、悔しさと憎しみが湧き上がったのだ。

しかし、土下座している勇一を見て、その誠実や素直な気持を感じたのだろう。

仏壇が置いてある座敷に通されると、まず小田が焼香をした。次いで勇一が焼香して遺影に向かって手を合わせた。手には小田と同じように数珠が握られている。

(申し訳ないことをした、すまない。馬鹿な区隊長と出会ったことが不運だったのだ、私は一生かけて罪の償いをさせてもらう。君たちの後を追って死のうと思ったが、それは一番容易いことで、人として男として、卑怯な行為だと思い直してやめた。私はこの罪を背負って、これからの苦しみ、辛さの試練に耐えて生きることが報いだと思っている。それが亡くなった君や生徒たちの供養法だと信じている。私の生きざまを見ていてくれ)

「くっくっくっ……」

心の中で遺影に話しかけていると、生存中の亡き生徒との出来事が思い出され、勇一の目には次から次と涙が溢れ、そのうち肩を震わせて泣いていた。

「……」

後ろから両親たちが、万感胸に迫る思いで見ていたが、勇一の故人に対する申し訳ない気持は伝わっていた。

「お墓にもお参りさせていただきたいのですが、よろしいでしょうか」

しばらく仏壇を見ていた勇一は、身体を回して両親のほうを向くと、墓にお参りしたいと申し出た。

「まあまあ区隊長さん、お茶っこさ飲んでけさいん。案内しますけんのう」

勇一の急くような動きを制するように、母親がゆっくりするように言った。

区隊長さんと呼んでくれた言葉は、何とやさしくて思いやりのある人だと、勇一の胸中に響くものがあった。

(今でも区隊長と呼んでくれるとは……、ことの良し悪しは別にしても、故人や家族にとって俺は永遠に区隊長にちがいない。死ぬまで亡くなった生徒たちの区隊長として生きなくてはならない宿命を背負っているのだ……)

「そうだよ田山、せっかく山中家に来たのだ。お父さんやお母さんと話をしなくては失礼になるぞ」

この後には汽車で青森に行く予定になっているが、小牛田駅の出発時間までには余裕があり、少し落ち着くように小田が言った。

勇一にしてみれば、相手の息子を亡くした張本人であり、話をしても申し開きになりかねず、とてもそんなことをするべきでないと思っている。長く居ることが、両親に悲しい気持を思い起こさせて、迷惑になると思ったのだ。

出されたお茶を飲み、十分ほど経つと、故人のお墓に案内してもらった。大きな御影石で造られた立派なお墓には、真新しい菊と百合の花が供えられていた。その横に勇一が持ってきた白い菊の花を差し入れた。

線香に火をつけると、頭を下げて手を合わせた。

「摩訶般若波羅蜜多心経観自在菩薩……」

勇一は低い声で、暗記している般若心経を唱え始めた。

「……！」

一緒にいた両親は驚いたように、顔を見合わせた。小田は勇一の素直な心がそうさせていると思い、黙って手を合わせた。

最後に南無大師遍照金剛と三回唱えて、勇一の経が終わった。

「申し訳ありません、勝手に経など唱えたりして、お許しください」

両親に向かって頭を下げた。

「いえいえ、区隊長さんに経をあげていただくなんぞ、稔も喜んでると思うべえ。こちらこそれお礼を申し上げますだ」

その後も両親から、まだいいのではと引き止められ、家に戻って三十分ほど話をした。勇一は終始謝辞に徹して、多くの受け応えは小田が行なった。

これから青森県の亀山家に行くことを告げて、小牛田駅に向かった。

区隊長さん、あんたも大変なことで気が滅入るだろうけんど、負けんで頑張ってけさいん、死んじゃいかんよ、と別れ際に母親が言った激励の言葉が耳に残り、汽車の中で何度も思い出していた。母親は勇一が自殺するのではと心配したのかもしれない。

その日の夕方、弘前駐屯地に泊まった。翌日、駐屯地から見える岩木山に隠れた向こう側の、西津軽郡岩崎村の亀山家を訪れた。山のすそを、ぐるっと廻るように走る線路は百キロを越える。

亀山家でも概ね宮城の山中家と同じように会話は少なく、勇一は謝辞に徹していた。

「正二はいつも、区隊長さんの自慢話をしておったです。将来は俺も区隊長のような幹部になりてえと、口癖のように言っとった。なまじっか泳ぎが達者だったもんで、疲れているのも知らず、助けに行ったのでしょう。残念だが仕方ねえことだ」

父親は生前の息子を思い出したのか、タオルで涙を拭いた。

弔問先での家族の対応は、事故から二カ月半が経っているためか、複雑な心境はあるものの、大方は勇一の弔問を受け入れてくれた。それはこれまで一、二度、勇一と面談をし、手紙のやり取りを何度もしているので、勇一の人柄に好意を持っていたからだろう。

だが、隣の四区隊の生徒三名の家族とは面識が一切なく、今回の弔問が初めてであり、勇一に対する風当たりは厳しいものがあった。弔問の打診を受けた時から、かたくなに拒否の姿勢を表していた。それでも顔見知りの地連係官たちの、度重なる説得で何とか了承はしたものの、いざ勇一の顔を見ると、この男がとんでもないことをして息子を殺したのだと、怒りがこみ上げてきたのだ。

「あんたは何であんな馬鹿なことをしたんだ。ろくに泳げねえ息子に銃を背負わせて、あんな深い池に入れるなんて、殺人行為だべ」

父親は目を真っ赤にして、今にも勇一に掴みかかりそうな勢いで、喰いつく一こまもあった。

「好きな女の子がいたのに……、あんな死に方をして、仁一が可哀想でなんねえ」

高見家では母親が声を上げて泣き出してしまった。

「申し訳ありません、総て私の責任です」

土間に額を擦り付けて、じっと堪えるしか方法はない。

「……！」

弔問先は亡くなった生徒の家であり、主の父親がうんと言わなければ上がることは出来ないし、仏壇に線香を上げることもできない。

「私は田山と同期の小田と申します。お父さん、お母さんのお気持は重々解ります。田山はこれから裁判所で刑を言い渡されて、刑務所に収監されます。それは何年になるかは解りません。彼は許されたこの期間に、十三人の実家を弔問しようとしているのです。せめて田山に線香を上げさせてやってください。お願いします」

小田の言葉も涙ぐんでいるのか、途切れ途切れになっていた。

「どうか心中を汲んであげてください」

地連の係官も一緒に頭を下げた。

「仕方があんべえ、おっかあ、上がってもらうべ」

しばらく沈黙が続いた後、父親の許しが出た。

「ありがとうございます」

勇一は一度顔を上げて父親の顔を見ると、もう一度頭を下げた。土間にぽたぽたと涙の落ちるのが見えた。悔しいのではなく、許しを得た嬉し涙であった。

三十分ほど外で待たされた後に、厳しいお叱りを受けた六軒目の出中家の弔問が終わると、各弔問先は、理解を示すようになった。それまでの家族が弔問を受け入れたのを知ると、断るわけにはいかないと思ったのだろうか。後の九州の六軒はことのほか、スムーズに許しを得て、仏壇、お墓に参ることができた。

最後の大分県九重町の高山家を終えたのが九月二十六日、その夜、大分駅から夜行列車に乗って、翌日二十七日夕方に横須賀に戻ってきた。

十月四日の公判に備えるため、九月中には戻るよう言われていたのでほっとした。

実際の弔問は、何処の家も針の莚に座っているようで、まさに勇一の試練の場であったのは確かだった。それだけに無事弔問をやり遂げた嬉しさがこみ上げて、つくづく同期の小田の支えをありがたく感じた。横須賀に着くと、勇一は何度も小田に頭を下げた。

翌日は、弔問先の家族と、弔問を手伝ってくれた各地連部長や駐屯地業務隊長宛に礼状を書いた。

このようなとんでもない事故を起こした自分に対して、たった十年ほどしか務めていないにもかかわらず、全国の自衛隊の親身な支援に心から感謝した。


公判が始まると、終始自分の軽率な行動が原因であることを認めていたが、十三人もの生徒が亡くなった大事故のため、裁判上多くの質問・確認や証言が必要となるようで、判決までに一年ほどかかると、弁護士に教えられた。

すでに自衛官の身分はなく収入がないゆえ、とりあえず仕事をして妻子の生活をみなくてはならず、職を探さなければならない。収監されるとなれば、静岡の刑務所になるだろうという情報から、四国と静岡の中間地域での職探しを始めた。

これも自衛隊の就職援護という組織が協力してくれて、名古屋市内の小さな鉄工所での仕事を見つけてもらい、そこで働きながら、公判、判決に臨むことになった。

昭和四十四年六月二十日、四回目の公判で禁固一年六カ月の実刑判決が下された。

「……仮令その動機が教育に対する熱意の余りとは言え、また学校当局の監督不十分がその一因をなしていたとしても、本件訓練の結果は有為の人材十三名の生命を奪い去ったのであって、いかなる方法をもってしても回復不可能な国家的損失を生じしめたものに他ならない……」

量刑の理由は極めて厳しいものである。

勇一は目を閉じて聴いていたが、取り返しのつかない軽率な行動を思い起こし、十三人に対する申し訳ない気持から涙がとめどもなく頬をつたわった。

「あなた、くれぐれも身体に気をつけてください。要るものがあれば手紙をください、お届けしますから」

妻とも子の目は朝からずっと潤んでいた。すでに今日が最終の公判で、禁固刑を言い渡されて静岡刑務所に収監されることは予測されていた。

勇一と一緒に家を出るときから、とも子はずっと我慢していた不安な心中を、別れ際に吐露したのだった。

子供たちは家に残して、母のヨシに面倒をみてもらっている。子供には未だ真実を話していない、弁護士にその旨を相談したら、まだ小さいので伝えてもよく解らないでしょう。

もっと大きくなって、自分で判断ができるようになってからのほうがいいと、アドバイスを得たからだった。

「亡くなった十三人を思えば、一年半なんて軽くて彼らに申し訳ない期間だ。俺は大丈夫だ、それより、とも子や息子たちに迷惑をかけてすまない。これは罪に対して神が与えた試練だと思っている。俺たち家族は、まずこれを乗り越えないことには先がない。辛抱してくれ」

勇一には自分が厳しくつらい身に置かれるのは覚悟の上だが、妻や子供のことを思うと心から申し訳なく思った。そして自分が犯した罪が、両親や妹たち家族や親族にまで影響を及ぼしている心苦しさは、どうしようもない辛さを感じていた。とも子は勇一の顔を見つめて、何度もうなずいた。

（これも試練、死ぬまで十三人の区隊長としての試練に耐えるのが俺の人生であり、耐え抜く生きざまが十三人の供養法と信じている）

勇一はことあるごとに、こう自分に言い聞かせていた。

禁固刑には役務はなく、一人で部屋に閉じこもり一日を送らなければならない。よほどしっかりと自分をコントロールしないと、頭がおかしくなったり、体調をくずしたりして、病気になることが多いのですと弁護士に言われた。

勇一は十三人の供養として、毎朝夕、北と西に向かって経を唱えた。その方向に彼らの墓があるからだ。難しい経本も三冊持ってきている。

家に置いていた十三人の小さな写真の遺影を、厚い表紙の裏に張り合わせて、毎日広げて一人ひとりに話しかけた。さらには心を込めて、毎日筆で写経することにした。

勇一は収監される前に一度、四国の実家に帰って、弘法大師生誕の五岳山・善通寺に行き、収監時の行動について教えを請うた。そのとき住職から写経を勧められ、経本や筆、硯、墨、紙など一式を揃えた。

体調管理のために、朝は必ずラジオ体操をして、午後には腹筋、腕立て伏せ、腕や足のストレッチ、腿上げ、その場駆け足など一時間ほどかけて身体を動かした。当初は思いつきでやっていたので時間が長短になり、効果に疑問を生じるのではと思い、メニューを作って一時間かけ、繰り返し行なうようにした。

また本を読んだり、手紙を書いたり、好きな英語の勉強をして時を過ごした。

二カ月ほどすると、事故での愚かな行為が頭をよぎるようになり、その都度十三人の顔が現われ、頭を抱えこむ状態が発生し始めた。頭の中が真っ白になり、何も考えられなくなって、ボーッとして過ごすことが、度々起こるようになった。

半年ぐらい経つと、空白状態の発生がだんだん少なくなって、一年が過ぎるころはだいぶ落ち着いてきた。しかし今度は、出所したらどうして生活していったらいいのかとか、仕事はあるだろうか、あっても、まともに新しい仕事や周りの人たちとうまくやれるだろうかなど、先の見えないことを繰り返し考えるようになった。

いずれにせよ終いには、己の犯した罪の報いであり、過酷で厳しい環境の中を精一杯努力して生きていくのが、これからの自分の人生であり、それが十三人に対する懺悔でもあると自分に言い聞かせた。

家族は、勇一が入所する一週間前に高松の実家に移した。甚十郎たち両親の側に居れば、心配することもないだろうし、とも子の実家も近く、精神的な心の支えになってくれる姉妹たちもいるので、だいじょうぶと思われる。

とも子は月に一度は、勇一が欲したものを持って会いに来てくれた。甚十郎も二度、とも子と一緒にきてくれた。いつも子供はどうしているか、勉強のできはどうだとか、学校でいじめられていないかなど、ほとんど子供の話になった。

(服役後は、子供のためにも頑張らなくてはならん)

時には精神的に落ち込み、潰されそうになったが、最後は二人の息子のために、そして十三人に誓った男の生きざまを全うするためにと、己を叱咤した。

入所して一年が過ぎたころ、小田が会いに来た。小田が三等陸佐に昇任して、東千歳の普通科連隊の中隊長として勤務しているのは手紙で知っていた。親戚の結婚式で、郷里広島に帰る途中に寄ってくれたのだ。

「元気そうで何よりだ。あと五カ月ほどだろうが、出たら何をするつもりだ」

たくましく日焼けした顔に、白い歯を見せて勇一に訊いた。そして、おまえは模範囚だろうから、たぶん早く出してもらえるかもしれないぞと言った。

「うん、何とか持ちこたえたよ。親に迷惑をかけたし、高松に帰って早く仕事を見つけて、親の面倒を見ようと思っている」

わずか一年ぶりの再会というのに、小田の顔を見ると嬉しくなった。幹部候補生学校の同期という縁が、これほどまでに自分を気にかけてくれる小田という男の優しさに、頭が上がらないのは当然だった。

(小田にはかなわない、こんな立派な男を友に持った俺は幸せ者だ)

今では冷静に考えられるようになっている勇一は、心底そう思った。次に会うときは娑婆に出ているだろうから、その時は飲みながら話をしようと言って小田は帰って行った。

小田が言った言葉をあてにはしていなかったが、収監時の態度が良くて、模範囚という評価をもらい、二カ月早く外に出られることになった。

就職先は自衛隊のはからいで、高松の大松建設という四国支社で面接を受けるようになっていた。大松建設は、四国では大手企業に次ぐ一番大きな建設会社である。

支社長の村田は陸軍士官学校出身で、テレビやラジオ、新聞や週刊誌を賑わした少年工科学校の十三人の水死事故について、その後の成り行きに関心を持っていた。

つまり土建業の経営者として、管理者としては、池の中の事故に共通するものを感じ、それを指揮していた四国出身の区隊長がどのようにふるまい、どんな責任を問われるのかに興味を持ったのだった。

（十三人もの生徒が亡くなった事故だというのに、区隊長の田山一人の収監で終わったというのは本当だろうか。よほど田山という男が、全面的に責任を認めないと、ありえない。中々潔い男じゃのう）

このような場合、一般的には周りの関係者や組織の上司などが関連しているだろうから、数人は何らかの刑事罰を受けても不思議ではないと思った。

自衛隊の就職援護の担当者から、勇一の就職についての打診があったとき村田は、大失敗した人間に次の失敗はないだろう。彼は誰よりもこの事故を反省しており、二度と事故を起こすことはないと判断して、本人に会ってみましょうと返事をしていたのである。

苦悩から生まれた絆

勇一は出所すると、さっそく大松建設の四国支社に面接のため訪れた。部屋に通されて一人で待っていると、四国支社長の村田が直接現われたので驚いた。

質問には、総て素直にありのままの思いを伝えた。

出家して修行僧になり、十三人の弔問を兼ねて全国行脚をしようと思ったが、妻子を養う責任を放棄するわけにはいかず、どのような仕事であっても骨身を惜しまず働こうと思っていること、どのような立場でいかなる仕事をしても、亡くなった十三人の生徒の区隊長として、彼らに恥ずかしくない生きざまを見せることが、罪への償いでもあると言った。

「解りました、是非わが社で働いてもらいましょう」

面接が終わるとき、支社長は笑顔を見せながら採用を伝えた。勇一の話を聞きながら、思っていた通りの男だ、この男には二度目の失敗はないと確信したのだった。

「ありがとうございます」

支社長に向かって丁寧に頭を下げた。嬉しくて泪がとめどもなく流れた。どん底に落ち込んでいる自分にチャンスをくれた大松建設のために、全身全霊を尽くして働こうと思った。

無事、大松建設の高松支店の営業課で勤務することになり、勇一は一日でも早く仕事を覚えようと、誰にでも頭を下げて教えてもらうように努めた。貪欲に知識を吸収する姿勢は、真面目で熱心なためにか、好感を持たれていた。

初めのうちは、事故を起こして十三人の生徒を死なせた自衛隊幹部という感覚から、社員たちは勇一を遠ざけていたが、誠実な仕事ぶりを見ているうちに、一人二人と話しかけてきて、三カ月経つとみんなが声をかけるようになった。

勇一は与えられた仕事を如何に効率的に行ない、実績を上げるかを考え、上司に提言して自ら積極的に実現に取り組んだ。自ずと社員たちから田山さんはすごい、さすが自衛隊の幹部だなどと賞賛されるようになった。会社には高い実績を上げた者には四半期ごとに褒賞金が出され、勇一は常習者として名を連ねた。上司や同僚からの信頼は高まり、二年を過ぎるころには、ことあるごとに、営業のノウハウの相談を受けて丁寧に教えてやった。

相談されても嫌な顔一つせず、自分だったらこうするとか、こうやってみたらとか親身になってアドバイスをした。そうすることが自分を拾ってくれた会社のためになると思っていたからだ。

そんなとき池山という若い社員から、十万円を貸して欲しいと頼まれた。今ではそれなりに収入を得ている勇一には難しい額ではなかったが、大松建設の給与は平均以上のはずで、この二十八歳の男性が、何でまとまったお金が必要なのか、訊いてから決めようと思った。

「池山君、十万円といえば、僕にとっても大金だが、本当に君の役に立つのなら考えよう。何で必要なのか、正直に話してくれないか」

池山を会社の別室に連れて行った。他人に聞かれたくないような態度だったからだった。

「！……」

お金を貸すほうにとっては当然の質問だと思うが、池山は予期していない返答だったのか、ちょっとふてくされたように口を尖らして黙ってしまった。

勇一が池山に尋ねたのには訳があった。池山は他にも数人の社員から借金をしている、という噂を耳にしていたからである。どうも競輪、競艇などのギャンブルにはまっているらしく、金融からの取立ての電話が、頻繁に会社にかかってくるようになっていた。

「明後日までに入金しないと、会社に直接取り立てに来るのです。支店長に知れたら僕は首にされてしまいます。半分でもいいからお願いします」

「半分でも？　残りはどうするのだ」

「誰かを見つけます」

まったく他人頼りもはなはだしい。社員からの借金は池山の頭には、返す予定はないように思われた。その場しのぎの策としか思えない。

「馬鹿者！　池山、目を覚ませ。おまえ自身が立ち直ろうとする気がないのなら、俺は一円たりとも貸さんぞ」

つい勇一は、興奮して声を荒げた。池山が窮地に追い込まれているのを感じた。

二年前までは陽気で仕事を要領よくこなしていたのに、どこかで歯車がおかしくなったのだろう。だが本人がその気にさえなれば、立ち直れると思った。

池山は愛媛の松山出身の独身で、近くのアパートに一人で住んでいる。

「……うーっ」

少し黙っていた池山は、嗚咽を始めた。

「君が立ち直ろうという気があるのなら、正直に総てを話してくれ。真剣に取り組まないと簡単には解決できないだろうが、頑張るのであれば力を貸そう」

池山の借金はサラ金業者十社にのぼり、各社の借金は二十万前後が残り、二百万円を越えていた。もちろん貯金はゼロである。金融の利子は二割近くあって、手取り十三万の収入では全部払っても追いつかない。雪だるまが坂を下るように、どんどん膨れ上がるしくみになっているのだ。

実家は両親が農業をやっているが、祖母が病気で入院しており、金が要るので協力できないという。

（このままではどうしようもない。何とかサラ金業者にお願いして利子をストップしてもらい、借りた元金二百万円を計画的に返すようにしないと、とても元金を減らすことはできない）

勇一は支店長の梅本に状況を説明し、何とか彼を立ち直らせたいので、これからサラ金業者に、交渉に行かせてほしいとお願いした。梅本は勇一の意見を汲み取って、田山さんに任せますと言ってくれた。

「利子を止めてくれと言われても、うちは利子で飯を喰っているのですから、そりゃできませんよ」

三十を少し過ぎたと思われる、三つ揃いの背広を着た色白の店長は、にべもなく申し出を拒否した。

「このままですと池山は破産宣告をしないと、生きていけません。もちろん会社は首になるでしょう。少なからず当社で数年間働いてきた関係上、私はできれば彼を立ち直らせたいと考えています。ご協力いただければ、必ず借りた元金は、一年以内にお返し致します。なにとぞお願いしたいのです」

池山の全借金の状況、実家など取り巻く環境を説明して、池山の身体を叩いても一円も出てこない実情を正直に伝えた。

「……！　仕方ありませんな、だが元金の返済をもっと早く、せめて半年以内にしてくれませんか。うちも早く回収して他に回して稼がにゃなりませんから」

サラ金業者にとって、破産宣告されて一円も回収できなくなるのは一番手痛いことだ。見込みの薄い客は早く回収して、他の客に貸して利益をあげるのは常套手段であり、店長は渋々承知をしたのだった。

店によっては今月中に返してくれれば、何とか親分に説明できるからなどと、暗に暴力団がバックにいるような回答をした店もあった。

そんな店の利子は三割を越えて、十万借りても毎月三万円の利子を支払うことになり、とても元金を自力で減らすのは、池山のような者には出来るはずがなかった。

破産宣告をすれば、借金はなくなるかも知れないが、同時に人間としてまともに生きる権利も無くなることで、池山の本当の立ち直りにはならない。苦しくても、本人の力で借金を返させることが、本当の意味で立ち直れると信じていた。

あるサラ金の店長は、話をしているうちに、事故で十三人を死なせ、マスコミを賑わせた元自衛隊幹部だと知ると、親しみを感じたのか、田山さん私も元機動隊にいて辞めたのですが、二百万円あったら、この商売をやったらいいですよと言われた。

確かにこのしくみは、二百万を貸して、毎月三十万、四十万の利子を収益にするのだから、こんなぼろい商売はないだろう。もしかしたら彼は、現職警官のときに、何か事件を起こしていたのかも知れないと思った。

（冗談じゃない、俺はそんなあこぎなことは出来ない。俺には十三人の生徒が見ている。正々堂々と人生を全うしなくては、彼らにすまない）

勇一は、自分の生きざまを確認した。

十社との交渉が終わり、利子の停止はかなったが、今月中とか六カ月以内に元金を返せという五社については、支店長の梅本に相談して、百万円を池山が会社から借りることにした。勇一の熱意にほだされて、梅本が配慮してくれたのだ。保証人として池山の父親と勇一がなったのは、行きがかり上止むを得なかった。

会社に借りた百万で五社に払い、残りの五社とこれまで同僚などから借りていた分の返済計画を作り、池山が月に使用できる金額を、必要最小限にして残りを返済に充てるようにした。アパートもすぐに引き払って会社の寮に移った。

「田山さん、本当にありがとうございます。僕は頑張って必ず立ち直ります」

池山は涙を流しながら勇一に頭を下げた。これまで毎日、毎夜、まさに取り立てに追われた借金地獄から抜け出した彼にとっては、勇一が仏さまのように見えたかもしれない。

「自分でやり遂げないと意味がないのだ。君はやり遂げられると思ったからこそ、みんなが協力してくれたのだ」

勇一は会社や家族、同僚たちの信頼を裏切らないように頑張れと池山を激励した。

彼の顔に明るさが出てきたのはいうまでもなく、仕事に頑張っている様子が窺えた。

（そういえば、池山は亡くなった十二期生徒たちと同じ年頃だな……）

ふと思いついたようにつぶやいた。

それから二年後、勇一は営業課長に抜擢された。前課長が定年になり、支店長の梅本が勇一を強く押してくれたのだ。勇一の営業成績は、他に抜きん出て人柄もよく、誰もが認める人事だった。入社して三年過ぎるころには、ほぼ支店での総ての仕事を覚えて、困ったら田山さんに聞けというまでになっていた。

毎朝、先祖の仏壇に手を合わせるときは、横に置いている十三人の遺影にも手を合わせて、語りかける習慣は今でも続けている。忙しくて時間がないときは、夜に行なうようにしていた。

勇一が四十二歳になると、血糖値が基準値を超えて糖尿病と診断され、月一回の病院での検査と薬の服用が余儀なくされるようになった。

土建業という関係上、接待としての飲食やゴルフの付き合いなどは確かに多い。だから極力飲まないように気を使っていたのだが、営業成果を上げるために、度を越えた付き合いをしたことも事実で、もともと血糖値が高い体質もあって、厳しい状況に身体が追い込まれていたのだ。糖尿病と言われたとき、ショックを受けたが、なった以上は自分で、今後の管理をしっかりするほかにない。これも十三人を死なせた己の過ちの試練だと思って、甘んじて受け入れた。

この年の十二月暮れ、父・甚十郎が、風をこじらせて肺炎になり、突然のように亡くなってしまった。数日前まではごく普通に生活をしていたのに、勇一には甚十郎の死がしばらくの間、理解できなかった。まだ六十八歳だった。

自分の病気といい、甚十郎の突然の死といい、まさに勇一に課された試練の場であろう。これも己の罪の報いではと、甚十郎に対しても申し訳なく感じた。

(止むを得ない、耐えて生き抜くことが、彼らとの約束だから)

天命は、どうすることもできない。十三人の無念や苦しさを思えば、どのような病気であっても、耐え抜くことが自分に与えられた生きざまだと、言い聞かせるしかなかった。通院は、血糖値の測定と薬の受領なので、会社に迷惑がかからないよう、仕事に余裕が出来たときに行くようにした。

昭和五十五年四月、支店長の梅本が本社の部長に栄転した。驚いたことに勇一を、その後釜の支店長にと辞令が出された。梅本が是非にと上層部に推薦して、受け入れられたのだ。勇一は四十六歳だった。

支店の成績は、四国内の他支店に比べても突出しており、その功労者として高く評価されていたからだった。入社以来、与えられた職務に昼夜を問わずに励み、公私にわたる付き合いも厭わず、社内はもちろん、関係先企業などの評判もよく、実績を残してきた勇一には、支店長の拝命は、感無量のものがあった。

勇一の仕事には、人のためになるという言葉が常に頭にあり、同僚や取引先の人たちに対しても、思いやりが込められていた。正直な気持で意見を述べ、相手の意見を素直に聞いて、お互いが納得できる結論を追い求めていたのだ。

このようにまでして人のため、会社のために精を出してきた裏には、妻とも子や子供たちの家庭での父、夫としての役割に犠牲があったのは仕方がなかった。

それでもとも子は、勇一の心情を理解して、一つとして不平や愚痴を言わず、二人の息子を父親役も兼ねて立派に育ててきた。

長男の幸一は、勇一と同じ香川大学に入り、次男の洋二は高松高校の学生として、それぞれ香川県の名門学校で、勉強や運動に頑張っていた。

勇一が五十歳の昭和五十九年五月、母・ヨシの糖尿病が悪化して七十三歳でこの世を去った。ヨシは四十歳ころから勇一と同じように血糖値が高くなり、これまで何度も入院して治療を受けていた。それでも世間全般からみればまだまだ早い死で、勇一にとって父の死以上に悲しい出来事だった。

それから一年後、勇一が五十一歳になると、持病の糖尿病がますます悪くなり、腎臓の機能が衰えて、仕事の合間に病院での人工透析が、余儀なくされるようになった。

「おーい俺だ、元気でやっているか。広島にいるのでこれから会いに行くぞ」

三月初旬、小田から突然電話がかかってきた。今から高松に来るという。

懐かしい声と、穏やかな小田の顔が頭に浮かんだ。小田とは手紙でのやり取りを定期的に行なって、お互いの状況は大体知ってはいるが、静岡刑務所に収監されているときに面会して以来の再会だ。勇一は嬉しさとともに、自由が利かなくなった身体を見せたくないという複雑な心中が入り混じる。

奥さんと一緒に車で移動しているらしく、フェリーが夕方、高松港に着くという。

フェリー乗り場に迎えに行って、小田を自宅に連れてきた。奥の座敷に通して久しぶりの再会を喜んだ。

仏壇の横には収監されるときに、小田が渡した十三人の小さな遺影の写真が置かれていた。勇一が今でも手を合わせて、経を唱えているのを感じた。

小田夫婦は、仏壇にお参りした後、十三人の遺影に向かって手を合わせた。

「あまり顔色がよくないようだけど、どこか悪いのか」

お互い挨拶を交わしたり、世話になったお礼を言ったりした後、小田が単刀直入に訊いた。

「実はこの一月から持病の糖尿病が悪化して、人工透析を受けている。そのうち十三人の実家を弔問しなければと思っていたが、難しくなってしまった」

手紙で、もともと血糖値が高いのは知っていたが、人工透析となればかなり進行したのだろう。明日は透析を受ける日だという。

「俺はあと半年で定年になる。実は定年までにもう一度、おまえと一緒に十三人のお墓参りをしようと思っていたのだが、その身体では無理だな」

小田は勇一を誘って、十六年前と同じように一緒に廻ろうと考えていたのだが、勇一の身体の状態を聞くと、とても二週間以上の旅は無理だと察した。

四年前、殉職した生徒の十三回忌慰霊行事が、少年自衛官顕彰之碑（事故の翌年、やすらぎの池を埋めた跡地に建立）の前で行なわれたとき、小田は出席したが、勇一は参加しなかった。顕彰行事としては、毎年七月二日に実施されている。式の前日にはその都度、稲森他十二期生の有志が集まり、周辺の整備・清掃を続けていた。

十二期生代表の稲森会長から、是非にもと参加の案内状が送られてきたが、勇一は健康上の理由で辞退した。小田からも誘いの電話をもらったのだが、健康上の外に経済的な理由や、仕事に追われているなどと言って断った。
二、三日であれば身体の影響は少なく、まして高松支店長にまでなっている勇一には仕事に追われて忙しいのは本当だが、経済的には何ら支障はなかった。

勇一の本当の理由は、未だ事故で十三人を死なせた罪に対して、自衛隊や学校関係者、遺族の人たちに、とても会わせる顔がないと、思っていたからだ。

小田もそれを感じていたので、一緒であれば勇一が同意するのではと思い、会いに来たのだ。だが今の身体を思えば、無理をさせるわけにはいかない。

「おまえの代わりに、亡くなった十三人の区隊長のつもりで俺だけで廻ってくるよ。おまえの近況は必ず訊かれるだろうから、よろしく言っておく。身体第一だ、しっかり治療しろよ」

「すまんのう、遺族の方々によろしく伝えてくれ」

小田がこれほどまでに、亡くなった十三人のことを思う気持が、勇一には理解できていない。俺ができない、やらないことに小田は憤りを感じているのではないか。だから同期の友として、俺の代わりをしようとしているのではないだろうか。

だが小田の顔の表情や動作を見ていても、一つとしてそんな驕りはない。

二人で実家を弔問して廻った後も小田は、遺族と手紙や電話でやり取りをして、遺族の人たちの心のケアをしているらしく、頭の下がる思いだ。

(彼はお釈迦さまのような、慈悲深い心を持っているのだろうか)

ともすると、倒れそうになる勇一を支えてくれたのも小田だった。事件の直後、死を選ぼうとしたときにも、彼はずっと側にいてそれをさせてくれなかった。

遺族の人たちも、小田に心を救われた人が多いのではないだろうか。以前にも感じていたが、改めて小田の心の広さに感服している。

(身体が良くなったら、もう一度、十三人の実家を弔問しよう)

遺影を見て手を合わせるだけでは申し訳ないと思った。

働きながらも糖尿病との闘いを続ける中、平成二年一月に直腸癌が見つかり、入院して摘出手術を受け、人工肛門になってしまった。

医者は全部摘出した方が、再発や転移を防止できる可能性が高く、人工肛門でも長生きしている人もいますからと言われ、すぐに死ぬわけでもなさそうだし、仕方がないと割り切った。

(悪性か良性かは解らないが、俺の身体も長くは持たないかもしれない。これでは十三人の実家に行けるか難しい)

そう思うと、勇一に初めて焦りという感情が出てきた。

入院治療が一段落して自宅に戻り、会社勤めをしながら通院治療をしているとき、平成三年二月六日に東京のグランドヒル市ケ谷で、十二期生の「入校二十五周年記念祝賀行事」を開くので、出席をしてもらいたいという案内状を、十二期生代表の稲森会長からもらった。

今回は節目の年なので、教育隊長や区隊長を囲む会という形で行なうらしく、是非にもということだった。

さらに稲森は、区隊長お願いしますと直接、勇一に電話をかけてきた。

教育隊長や区隊長を囲む会ということで、多くの十二期生が参加するらしく、勇一の頭に三区隊、四区隊の生徒の顔が浮かんだ。そういえば事故以来、彼らに謝るどころか会っていないことに気づいた。

(会って謝ろう、俺はそう長くはない。チャンスを神さまがくれたのかもしれない。恥を晒して生きている姿を見せることが供養法でもある)

そう思うと参加の意思を伝えた。

「区隊長、お元気でしたか」

「松本生徒です。覚えていますか」

二月六日、十二期生徒入校二十五周年記念祝賀行事会場に行くと、次から次と入れ替わり立ち替わりに、二十三、四年前の面影を残した生徒が詰め寄ってきた。そんな一人ひとりを見るたびに、勇一は涙が出てきた。あのような悲惨な事故を起こした張本人なのに、まさに父親を慕うように寄ってくる生徒たちの心情がよく解らない。しかし、嬉しいという気持が、勇一の心に湧き上がるからだった。

「あの時はすまなかった」

「忘れましょう区隊長、みんな区隊長に教えられて立派に成長したのですから」

誰もがそう返してくる。忘れようとしても忘れることの出来ないあの事故を、あえて忘れましょうと言ってくれる生徒たちの心遣いが身にしみる。勇一も泣いているが、生徒たちも泣いている。その涙は悲しい涙でなく嬉しい涙であることは、みんな笑顔を見せているから解る。

勇一はこの会に参加して良かったと思った。それは立派に成長した生徒たちを見ることができ、今まで不安に思っていたものが、多少なりとも払拭されたように感じたからだった。

翌日は稲森と数人の役員、そして溝口という徳島出身の十二期生と一緒に、少年工科学校に行き、やすらぎの池の跡地（事故後すぐに埋め戻された）に建立されている〈少年自衛官顕彰之碑〉を参拝した。溝口は勇一の身体を気遣い、高松からの往復の付き添い役として、稲森から依頼されていた。

参拝が終わると石碑の後ろに廻って、刻まれている建碑の辞に目が留まり食い入るように見た。「生徒の純真にして真摯な姿とその敢闘精神は、まことにいじらしく、自衛隊はもとより広く一般に深い感銘を与えた」と刻まれていた。

「うっ、うっ……」

思わず勇一はむせび泣きを始めた。純真無垢な生徒たちの行動を褒め称えた文言に、この事故を決して不幸な事故として終わらせるべきでなく、後世に残すべきととらえている。事故の原因が自分の軽はずみな行動だとはっきりしているのに、陸幕や学校上層部の奥深い思慮と判断に、頭の下がる思いを感じたのだった。

稲森は別れ際に、二年後の七月二日に実施する第二十五回追悼式に参列するよう、勇一に再度念を押して頼んだ。

(生存している生徒たちに会えたが、亡くなった十三人のお墓をもう一度廻るのは、今の身体ではとうてい難しい。追悼式で彼らに会おう)

追悼式には遺族の方々も来られるようで、勇一は二年後の追悼式でもう一度謝ろうと思い、参列することを約束した。


(反対していた彼らの協力を得られてよかった)

入校二十五周年の記念行事に続いて、二年後の二十五回追悼行事にも出席してくれる勇一の回答に、稲森は心底うれしい気持になった。

それは一年前、入校二十五周年記念行事に勇一を招待する計画を稲森がみんなに示したとき、田山区隊長は許せないと言っていた一部の同期生から、あの人だけは入れるな、と強い反対意見が出された。

多くの同期生は、田山区隊長もたくさん苦労をされたことだし、もう許してあげてもいいだろうと言っていたのだが、反対を主張する彼らには二十五年経とうが、勇一を恨む思いは変わらなかった。

果たして亡くなった十三人があの世で、今でも田山区隊長を恨んでいるだろうか、そんなはずはない、もし恨んでいるのなら十三人は未だにあの世で成仏できずにさ迷い歩いていることになる。しかし現世の我々がそれを確認できるはずもない。

だからといって、ただいたずらに恨んでいるとか、成仏しているとか論争し合って仲違いするほど愚かなことはない。

稲森は反対する者たちと幾度も話し合い、今回は田山区隊長を許す、許さないという判断は別にして、十二期生徒の二十五周年と、十三人の二十五回忌という特別の記念行事を強調し、同期生全体の総意であることに理解を求め、彼らも止むを得ない、黙認するという形で了解した。もちろん二十五回忌は十三人のご遺族が同意することを前提にしていた。


四国に帰ってからの勇一は悪い憑きが取れたように心が穏やかになり、身体の痛みも無くなって、もしかしたら癌が吹っ飛んで元気になるのではと思ったほど気分のいい日が続いた。

だが、勇一を脅かす病魔の癌は二年も経たないうちに大腸に転移して、これも全部摘出してしまった。勇一のふるまいから他人には解らないだろうが、やすらぎの池の事故以来、彼に与えるストレスは計り知れない大きなものがあったに違いない。

（転移したとなれば悪性の腫瘍だったのか、いよいよ先が近づいたな）

直腸癌と言われたときから癌に関する本を読んでいたので、多少の知識は身についていた。

これも罪の報いだろうが、若くして亡くなった十三人に比べればはるかに俺は幸せだ。まだまだこれからもっと苦しさや辛さが起きるだろうが、耐えなくてはならん、それが罪の報いだろうから。すでに癌の治療で抗がん剤が定期的に投与されており、その都度、吐き気、めまい、激痛などの症状が表れていたが耐え忍んだ。

平成五年七月二日の、二十五回目の追悼式に勇一は参列した。

追悼行事の準備には例年のように、十二期生会長の稲森を中心として執行部が動き、同期生から募金して費用を集めた。前日には執行部など有志が集まって顕彰之碑周辺の清掃や式典準備を学校関係者と一緒になって行なった。

勇一には、二年前の記念行事のときと同じように徳島県の溝口が、付き添い役をしてくれた。殉職した十三人にもう一度会うために、会長の稲森との約束を果たすためにも、そして今回は遺族の人たちも多数参加すると聞き、是非もう一度謝らなければならない、何としても出席しなければという強い思いがあった。

その後も癌は胃と右の腎臓に転移したのが見つかり、これらも手術して切除した。それでも抗がん剤が効いているのか、神さまが進行を止めてくれているのか、追悼式の前二、三日ごろから痛みが嘘のように治まって、勇一は溝口と一緒に少年工科学校に来た。

学校長・中田将補の式辞の後、同期生を代表して稲森二佐の慰霊の辞があり、順に献花が行なわれ、遺族の後に勇一も指名を受けて菊の花を献上した。

（遅れてすまん、わしの身体もそう長くはないと思うが、君たちと約束したとおり、苦しみ、辛さ、痛みに耐え、かつ恥を忍んで生きている。最後まであの世からわしの生きざまを見ていてくれ。冥福を祈る）

献花をして石碑の前に掲げた十三人の遺影をみながら、心の中でつぶやき、十三人に向かって深々と頭を下げた。

その後、参列者一同は食堂に移動して会食になった。勇一は遺族の人たち一人ひとりに、白くて薄くなった頭を下げて廻った。決して十三人を死なせた罪は消えることはなく、遺族にとっても忘れることはできない。

だが刻々と迫る死の影を感じている勇一にとっては、ここで遺族の人たちに、お詫びを言える機会を与えてもらったことに深く感謝していた。

「田山区隊長が再度、ご遺族の方々にお詫びする場ができてよかったよ」

十二期生会会長の稲森と執行部の同期生たちは、この二十五回追悼行事で勇一と遺族が対面して言葉を交わせたことに満足した。

傍から見ていると終始、勇一が頭を下げて謝っていたと思うが、遺族の方々も合わせるように頭を下げていたのは、これまでのわだかまりが少しずつでも解消されたように映った。おそらくあの世で十三人もそれを願っているだろう。

稲森たち執行部役員の顔は笑みを見せ、晴れ晴れとした表情になっていた。

（出来れば来年も来よう）

高松に帰った勇一は、これからの追悼行事には総て参加しなければと思った。

だが身体が許してくれるか、どうかの不安は残る。

勇一自ら感じていたとおり、病魔は残っている身体を一つ一つ蝕んでいた。小腸にも左の肺にも発見され、部分切除の手術を受けた。

翌年とその次の年も、入院手術の関係で、追悼式には参加できなかった。

平成八年七月二日の追悼式は、偶然のことだろうか、思いがけなく体調が優れて式に参加できた。三年前と同じように溝口十二期生が付き添い役になった。

（たぶんこれが最後になるかもしれない。あの世で君たちに、本当に会えるかもしれない）

勇一の内臓は、ほとんどが癌に侵されている。おそらく来年は、たとえ生きていても無理だろうと感じていた。献花をしながら遺影に話しかけた。

その年の十月には、口腔、咽頭までに癌が移り、十二月四日、勇一は六十三歳の天命を全うした。

因縁があるかは知らないが、事故時の学校長・高森はこの九月に世を去った。

人工透析から五臓六腑、そして最後に口腔、咽頭と、まるで亡くなった十三人に合わせるかのように、癌も十三箇所、つまりは全身に広まっていた。

この間、入院、手術のたびごとに、十三人を死に追いやった報いをうけているのだから、この試練を乗り越えることが、わしの供養法でもあるのだと、妻とも子にいつも話していた。抗がん剤を投与され、痛みや苦しさと戦いながらも、勇一は常に笑みを忘れなかった。亡き十三人の区隊長として泣きごとは言うまい。泥水の中を苦しんで死んでいった生徒たちに比べれば、癌の痛みなんかは比較にもならない。まして、生かせてもらっているだけありがたいと思わなければと、自分を叱咤していたのだ。

病魔と闘い続けた七年間は、普通の人だったら半分も持たなかっただろうに、七年もの長い年月を、頑張り通した勇一の生きざまは、医師たちに驚きと感銘を与えた。

死に顔は約束を果たして、十三人に会うのを楽しみにしているかのように、笑みを浮かべていた。

エピローグ

平成二十九年七月二日午後二時三十分、横須賀武山の高等工科学校（以前の少年工科学校で平成二十二年三月校名変更）の講堂で、殉職した十二期生徒十三人の五十回忌の顕彰行事が一分間の黙祷を皮切りに開始された。

出席者には陸上幕僚長の岡部俊哉（防大二十五期）や将来は首相と嘱望される小泉進次郎衆議院議員ら多数の来賓者が馳せ参じて、前方の席に威儀正しく座っている。

驚いたことに、田山区隊長の同期、十三人だけの区隊長と自称する白髪頭で八十六歳の小田も北海道から駆けつけて十三人の遺影を食い入るように見ていた。出家した彼は今でも遺族のもとを訪れてお墓参りを続けているという。

正面の壇上には大きな日の丸の下、白い菊の花がいっぱいに飾られ、左右には数多くの花輪が置かれて、殉職十三生徒の遺影が、遺族や来賓、学校職員、十二期生と同伴者、在校生徒などに向けられていた。

その姿は五十年前そのままの輝いている若者だが、一人一人の顔には喜びを表すかのような笑みを出席者たちに感じさせている。

「君たちは日頃の区隊長の教えに従い、区隊長に続けとばかり続々と池を渡り始め、銃を手放すことなく渾身の力を振り絞って泳ごうと頑張った。あのころの十二期生たちは、信頼する区隊長から後に続けと言われれば、何のためらいもなく背丈の立たない池であっても、燃え盛る火の中であっても飛び込んだでしょう。その結果死ぬことになっても不思議ではないほど真っ直ぐな気持を持っていました。その純真にして真摯な姿と敢闘精神はまことにいじらしく、自衛隊はもとより広く社会に感銘を与えたのです……」

高等工科学校長の陸将補・滝澤博文（生徒二十四期、防大二十九期）の追悼の辞が終わった後、稲森同期生会会長の顕彰の辞が声高らかに、館内に響き渡る。

全国から集まった十二期生は百人を超え、同伴の夫人は二十数人、亡くなった十三人のご遺族は三十人と、総勢千二百人に上る大人数である。

時の経つのは速い。十三人がやすらぎの池に沈んだ悪夢の事故から五十年の歳月が流れた。仏教界のあの世は五十年でお釈迦さまのもとに辿り着き、仏さまになると言われているが、無事に辿り着いただろうか。

当時の事故関係者たちの多くの者が世を去り、十二期生徒たちも六十七、八歳と好々爺になった。

ややもすると、事故そのものが遠い昔の幻になろうとしている感を受けるのだが、顕彰の辞は参加者たちに、あの日の悲惨な事故を思い起こさせるとともに、事故を悲しみとすることだけに止めるのではなく、今後の遺族、同期生そして後輩たちにも立派な遺訓として語り伝える大切さを認識させるものだった。

亡くなった十三人との想い出、教官として全責任を取った今は亡き田山区隊長の顔など、あの時代の日々が、走馬灯のように頭に浮かんでくる。

生存している十二期生たちが、事故に負けずに頑張ってきた五十年は、まさに亡き十三人が事故を出発点として、やすらぎの池に生まれた有形無形のたくさんの絆を基に、強くたくましく生きるよう指図してくれたからこそ、今の自分たちがあるのではないか。

定年まで自衛官を全うした十二期生徒の中には、陸将にまで上りつめ師団長になった者が一人。一佐になった者は九人に達し、総ての者が幹部として定年を迎えることができた。更には退官後も企業や団体に再就職して、ほとんどの者が勤め先の定年まで活躍した。今でも現役で社会の一員として頑張っている者も多数いる。

また、途中で自衛隊を辞めて社会人として経済産業省のキャリアになった者、軍事ジャーナリスト、警察官僚、検事や弁護士、測量設計士、建設会社や貿易会社の社長など、広い分野でそれぞれが持てる能力を十分に発揮して活躍している十二期生徒の自信に満ち溢れた実態をみると、まさにやすらぎの池の事故で培った負けじ魂ではないだろうか。

（ありがとう、これからも俺たちを、そしてこの工科学校を見守ってくれ）

そんな思いで参列した十二期生たちは一人ひとり全員が献花をすると、遺影に向かって手を合わせた。

同期生会会長の稲森と執行部の役員たちは、十三人の第五十回忌顕彰行事が、滞りなく粛々と行なわれ、盛大かつ無事に終えたことに安心と喜びを味わっていた。

あとがき

平成二十五年五月のある日、私が少年工科学校の七期生徒時代にお世話になった、当時、国語教官の櫻井功輝氏から突然電話があり、十二期生徒十三人の水死事故に関する小説を書いてくれと、半ば強制的に依頼された。

もちろん一切の費用は私持ちのボランティア作業であるが、一万五千人ほどいる生徒ＯＢの中には、ジャーナリストや小説家になっている者もいるというのに、教官からご指名を受けるのは大変名誉であり、やりがいのあるものと思った。

以前に自費出版した『天保同心・追跡の果て』（彩図社）という時代小説を教官に贈ったことで、櫻井氏と十二期生徒会長の稲村孝司氏が話し合い、私に書かせてみようとなったらしい。

聞けば十二期生徒会の皆が毎年、十三人の供養のための顕彰行事を、昭和四十三年の事故以来、陸上自衛隊主催で数回実施した他は、自分たちで欠かさず続けているとのこと、そのすばらしい団結力に思わず耳を疑った。

両氏の勧めで取材を兼ねてその年の七月、顕彰行事に参加させていただき、集まった十二期生たちの動作や笑顔に接して、何としても小説の完成を胸に刻んだ。

幾人かの十二期生の話を聞くうちに、このような固い団結は十三人とともに起居した関係はさることながら、時の訓練指揮官であった区隊長の田山勇一（仮名）と、十二期生徒との深い繋がりが基礎になっているのではと関心を持った。

明らかに田山の軽率な行動で起こした訓練事故なのに、多くの生徒からいい人だったという感想を聞くと、田山の人間性を確かめたくて、彼の郷里、四国高松の実家を訪ねた。

奥さまに生存中のエピソードをいくつか聞き、一緒に墓参りをしているうちに、田山がいい人だったという生徒たちの気持を、多少なりともとらえたように思えた。

事故後の田山の生きざまと事故が残した教訓は、残った十二期生たちの成長に大きな影響を与えたことは確かであろう。

それは他の期生徒にない、強く逞しい絆が十二期生の間に生まれていることが、違いない証になっているからだ。

五十回忌の顕彰行事という節目に、本小説を刊行していただいたことは、十二期生会長の稲村氏、高等工科学校長の滝澤博文氏、桜友会（工科学校ＯＢ会）会長の三家本勝志氏、出版社津軽書房の伊藤裕美子氏の心温まるご支援・ご協力の賜物であり、本誌を借りて厚く御礼申し上げる次第である。

著者略歴

桂儀　一光（かつらぎ・いっこう）
本名　合澤八千穂　作家
1946年　大分県竹田市荻町生れ
1961年　中学卒業後、少年工科学校7期生徒で入隊
1968年　ヘリコプター操縦と運用に従事（30数年間）
2001年　定年退官後、大手損保会社に就職（10年間）
2011年　時代小説『天保同心・追跡の果て』（彩図社）
　　　現在は宮城県利府町在住

少年工科学校物語《しょうねんこうかがっこうものがたり》
武山《たけやま》・やすらぎの池《いけ》の絆《きずな》

二〇一八年二月五日　発行
定価はカバーに表示しております

著　者　桂儀一光
発行者　伊藤裕美子
発行所　津軽書房
〒〇三六―八三三二
青森県弘前市亀甲町七十五番地
電　話　〇一七二―三三―一四一二
ＦＡＸ　〇一七二―三三―一七四八
印刷／ぷりんてぃあ第二
製本／エーヴィスシステムズ

乱丁・落丁本はおとり替えします

ISBN978-4-8066-0240-8